Jonathan Swift

GULLIVERS REISEN

Ueberreuter

Die Deutsche Bibliothek – CIP-Einheitsaufnahme

Swift, Jonathan:
Gullivers Reisen / Jonathan Swift. [Neu bearb. von Maria Czedik-Eysenberg]. – Wien : Ueberreuter, 1991
Einheitssacht.: Travels into several remote nations of the world by Lemuel Gulliver <dt.>
ISBN 3-8000-2037-8
NE: Czedik-Eysenberg, Maria [Bearb.]

J 1898/1

Originaltitel »Gulliver's Travels«
Neu bearbeitet von Maria Czedik-Eysenberg
Umschlag von Beate Dorfinger unter Verwendung einer Illustration von Stuart Matthews

Druck und Bindung: Carl Ueberreuter Druckerei Ges. m. b. H., Korneuburg
Printed in Austria

Gullivers Reise zu den Zwergen

1

Mein Vater hatte ein kleines Landgut in Nottinghamshire in Mittelengland. Ich war der dritte von fünf Söhnen, und meine Eltern nannten mich Gulliver. Als ich vierzehn Jahre alt war, schickte mich mein Vater nach Cambridge, wo ich drei Jahre lang blieb und mich in meine Studien vertiefte. Obwohl ich nur ein klägliches Taschengeld erhielt, waren die Kosten für so ein bescheidenes Vermögen, wie es mein Vater besaß, viel zu hoch. So kam ich in die Lehre zu Mister James Bates, einem berühmten Chirurgen in London, bei dem ich vier Jahre lang blieb. Kleine Geldbeträge, die mir mein Vater ab und zu schickte, benutzte ich ausschließlich dazu, Schiffahrtskunde und verschiedene mathematische Wissenschaften zu studieren, die man benötigt, wenn man zur See fahren will. Ich war nämlich davon überzeugt, daß mir dies eines Tages beschieden sein werde.

Später besuchte ich die Universität in Leiden, wo ich zwei Jahre und sieben Monate lang Medizin studierte, denn ich war der Meinung, daß mir dies auf weiten Reisen nützlich sein werde. Bald nach meiner Rückkehr aus Leiden empfahl mich mein guter Lehrer, Mister Bates, als Schiffsarzt an den Kapitän der *Swallow,* Abraham Pannell. Hier blieb ich dreieinhalb Jahre und machte mehrere Reisen in die Levante und andere Gegenden. Als ich nach Hause zurückkehrte, ermunterte mich Mr. Bates, mich in London niederzulassen, und er war es auch, der mich einer Reihe von Patienten empfahl. Da mir allgemein geraten wurde, mein Junggesellendasein aufzugeben, heiratete ich Mary Burton, zweite Tochter von Mr. Edmond Burton.

Nach dem Tod meines Lehrers und einem ständigen Rückgang meiner Praxis nahm ich nach Rücksprache mit meiner Frau ein vorteilhaftes Angebot des Kapitäns William Pirchard an, der im Begriff, war, mit seinem Schiff, der *Antelope,* eine Reise in die Südsee anzutreten. Wir stachen am 4. Mai 1699 in See und hatten anfangs eine durchaus glückliche Fahrt.

Ich will den Leser nicht mit Einzelheiten über unsere Erlebnisse während der Fahrt ermüden. Zur Information soll genügen, daß wir auf unserer Reise nach Ostindien durch einen furchtbaren Sturm nordwestlich von Tasmanien abgetrieben wurden. Am 5. November, dem Sommerbeginn in dieser Gegend, sahen wir vor uns ein Riff, aber der Wind war so stark, daß wir gerade darauf zugetrieben wurden und unmittelbar danach daran scheiterten. Sechs von uns ließen ein Boot ins Wasser und versuchten, von unserem Schiff und von den Klippen wegzukommen. Nach meiner Berechnung ruderten wir ungefähr drei Meilen weit, dann konnten wir nicht mehr; unsere Kräfte waren erschöpft. Wir ließen also unser Boot von den Wogen treiben, und etwa eine halbe Stunde später kenterten wir durch eine plötzlich vom Norden her kommende Böe.

Was aus meinen Begleitern und der übrigen Mannschaft geworden ist, kann ich nicht sagen. Vermutlich ertranken sie alle. Ich für meinen Teil schwamm auf gut Glück darauflos, wohin mich Wind und Wogen trieben. Als es fast mit mir zu Ende war, fühlte ich plötzlich festen Boden unter den Füßen, und gleichzeitig flaute auch der schreckliche Sturm ab. Der Strand war so flach, daß ich etwa eine halbe Stunde weit gehen mußte. Es war nach meiner Schätzung ungefähr acht Uhr abends, als ich das Ufer erreichte. Ich ging etwa eine halbe Meile weiter, konnte aber nicht die geringste Spur von Häusern oder Einwohnern entdecken, aber ich war auch so total erschöpft, daß ich kaum etwas von meiner Umgebung wahrnahm. Da ich todmüde war, legte ich mich ins Gras, das hier sehr kurz und weich war, und schlief ungefähr neun Stunden lang; ich erinnere mich nicht, jemals in meinem Leben so tief geschlafen zu haben.

Als ich erwachte, war heller Tag. Ich versuchte aufzustehen, aber ich konnte mich nicht bewegen. Ich lag auf dem Rücken, und meine Arme und Beine waren auf jeder Seite an den Erdboden gefesselt. Auch meine langen, dichten Haare waren in gleicher Weise angebunden. Ich fühlte, daß mehrere dünne Stricke quer über meinen Körper gespannt waren. Ich konnte nur aufwärts blicken und sah, wie die Sonne immer höher stieg.

Nach einer Weile spürte ich etwas Lebendiges auf meinem Fuß herumkrabbeln; es kam leise über meine Brust bis dicht an mein Kinn. Ich senkte meinen Blick und sah eine menschliche Gestalt von etwa fünfzehn Zentimeter Größe, die mit Pfeil und Bogen bewaffnet war und einen Köcher auf dem Rücken trug. Gleichzeitig bemerkte ich noch an die vierzig gleicher Geschöpfe, die, wie ich vermutete, dem ersten nachfolgten. Ich war durch ihr plötzliches Auftauchen so überrascht, daß ich laut aufschrie. Meine Stimme jagte ihnen einen solchen Schrecken ein, daß sie alle entsetzt davonliefen. Wie ich später erfuhr, verletzten sich einige beim Fallen, als sie von meinem Körper hinabsprangen. Aber sie kamen bald zurück, und einer wagte sich so nahe heran, daß er mir voll ins Gesicht schauen konnte. Erstaunt hob er die Hände und rief mit lauter, deutlicher Stimme: »*Hekinah degul!*« Die anderen wiederholten diese Worte mehrere Male. Damals wußte ich aber noch nicht, was sie damit meinten.

Währenddessen befand ich mich in einer sehr unangenehmen Lage. Ich versuchte mich zu befreien, und es gelang mir, die Fesseln zu sprengen und die Pfähle auszureißen, an denen mein linker Arm am Erdboden festgehalten war. Ich hob ihn in die Höhe und sah nun, wie ich gefesselt war. Gleichzeitig löste ich mit einem heftigen und sehr schmerzhaften Ruck die Stricke, mit denen meine Haare auf der linken Seite angebunden waren. Nun konnte ich meinen Kopf etwa sechs Zentimeter seitwärts drehen.

Aber die kleinen Geschöpfe rannten weg, ehe ich eines von ihnen ergreifen konnte. Alsbald erscholl ein lautes, schrilles Geschrei, und als es verstummte, hörte ich einen von ihnen laut rufen: »*Tolgo phonac!*« Gleichzeitig fühlte ich etwa einhundert Pfeilschüsse auf meiner linken Hand, die mich wie Nadeln stachen. Zugleich schossen sie noch eine zweite Salve in die Luft. Einige dieser Pfeile fielen auf mein Gesicht, das ich sofort mit der linken Hand bedeckte. Als dieser Pfeilregen vorüber war, stöhnte ich vor Schmerz und Unmut und versuchte nochmals, mich loszureißen. Dies trug mir eine zweite, noch reichlichere Salve ein, und einige versuchten sogar, mich mit Speeren in die Seite zu stechen. Zum Glück hatte ich ein büffelledernes Wams an, das die Kleinen nicht durchbohren konnten.

Ich fand, daß es das klügste war, still zu liegen, und beschloß, so die Nacht abzuwarten; dann würde ich mich mit meiner linken Hand leicht losmachen können. Als das Volk sah, daß ich mich ruhig verhielt, wurden keine weiteren Pfeile gegen mich abgeschossen. Aus dem Lärm, der immer mehr wuchs, schloß ich, daß sich die Zahl der kleinen Leute vermehrte. Ungefähr vier Meter von mir entfernt vernahm ich ein Klopfen und Hämmern wie von Handwerkern an der Arbeit. Ich drehte meinen Kopf, so weit ich konnte, in diese Richtung und sah, daß dort mit fieberhaftem Eifer eine ungefähr einen halben Meter hohe Tribüne errichtet wurde, die vier von diesen Dreikäsehochs Platz bot und die sie mit Hilfe von Leitern erreichen konnten.

Einer von ihnen kletterte auch schon hinauf und hielt von dort eine lange Ansprache an mich, von der ich keine Silbe verstand. Es war dies ein Mann von mittlerem Alter, anscheinend eine hochgestellte Persönlichkeit, der größer war als seine Mitbürger. Ich konnte aus seiner Ansprache genau erkennen, ob er mir drohte oder etwas versprach und ob das, was er sagte, mitleidig oder freundlich gemeint war. Ich antwortete mit wenigen, aber untertänigen Worten und hob meine linke Hand und meine Augen zur Sonne, als ob ich sie zu Zeugen anrufen wollte. Da ich beinahe vor Hunger verschmachtete – ich hatte den letzten Bissen mehrere Stunden, bevor ich das Schiff verließ, zu mir genommen –, konnte ich mich nicht enthalten, vielleicht gegen die Regeln des Anstands, mehrmals meine Finger in den Mund zu stecken, um dadurch mein Verlangen nach Nahrung auszudrücken.

Der *Hurgo* – so nennt man dort eine hochgestellte Persönlichkeit, wie ich später erfuhr – verstand mich. Er stieg von dem Gerüst herab; auf seine Anordnung wurden mehrere Leitern an meine Seite gelehnt, und etwa hundert Leute stiegen nun über die Leitern auf meine Brust herauf. Sie kamen mit Körben voll Fleisch bis zu meinem Mund. Ich erkannte das Fleisch verschiedener Tiere, konnte es aber dem Geschmack nach nicht unterscheiden. Es wa-

ren Schulterstücke, Keulen und Rippenstücke, in der Art wie Hammelkeulen und -rippen ausgezeichnet zubereitet, aber kaum von der Größe eines Lerchenflügels. Ich steckte immer zwei oder drei zugleich in den Mund und aß dazu zwei oder drei Laibe Brot, die nicht größer als eine Flintenkugel waren. Unter tausend Zeichen der Verwunderung und des Staunens über meinen Appetit wurde in Windeseile für Nachschub gesorgt.
Nun verlangte ich zu trinken. Sie brachten mit viel Geschicklichkeit eines ihrer größten Fässer herbei, rollten es bis an meine Hand und schlugen den Deckel ein. Ich trank das Faß in einem Zug aus, denn es war höchstens eine halbe Kanne voll. Der Trunk schmeckte wie ein leichter Burgunder, nur viel besser. Meine seltsamen Gastgeber brachten mir ein zweites Faß, das ich auf die gleiche Weise austrank; dann war ihr Vorrat erschöpft, mein Hunger und Durst aber keineswegs gestillt. Nachdem ich diese Wunder vollbracht hatte, jauchzte das kleine Volk vor Freude, und die Abordnung der Speisenträger sprang auf meiner Brust herum. Sie winkten mir, die beiden Fässer wieder hinabzuwerfen, nachdem sie zuvor die Menge durch den Ruf *»Borach mewolah!«* gewarnt hatten.
Ich gestehe, ich war versucht, einmal vierzig bis fünfzig von denen, die auf meinem Leib herumkrochen und die ich erreichen konnte, zu ergreifen und auf den Boden zu werfen. Doch ich erinnerte mich an meine untertänigen Worte, die ich selbst als Ehrenwort auslegte, und so ließ ich diese Gedanken wieder fallen. Außerdem hielt ich mich jetzt einem Volk verpflichtet, das mir Gastfreundschaft gewährt und mich so prächtig bewirtet hatte. Im stillen wunderte ich mich über die Unerschrockenheit dieser kleinen Sterblichen, die auf meinem Leib hin und her liefen, ohne beim Anblick eines für sie so ungeheuren Geschöpfs zu zittern.
Nach einiger Zeit erschien ein Abgesandter Seiner königlichen Majestät. Er schwang sich auf den Knöchel meines rechten Beins, schritt mit etwa einem Dutzend seines Gefolges bis zu meinem Gesicht vor, überreichte mir ein Beglaubigungsschreiben mit dem königlichen Siegel, das er mir dicht vor die Augen hielt, und sprach ungefähr zehn Minuten lang auf mich ein. Dabei deutete er in die

Richtung der, wie ich später erfahren sollte, etwa einen Kilometer entfernten Hauptstadt, wohin ich, wie Seine Majestät im Rate entschieden hatte, gebracht werden sollte. Ich erwiderte einige Worte, freilich ganz vergeblich, und machte eine Bewegung mit meiner freien Hand, um anzudeuten, daß ich meine Freiheit wünschte. Er schien mich recht gut zu verstehen, denn er schüttelte mißbilligend den Kopf und zeigte nur mit einer Gebärde, daß ich als Gefangener abgeführt würde. Durch Zeichen gab er mir zu verstehen, daß ich genug zu essen und zu trinken und auch neue Kleidung bekäme. Noch einmal dachte ich daran, mich mit Gewalt zu befreien. Aber dann fielen mir wieder ihre Pfeile ein – mein Gesicht und meine Hände brannten noch immer und waren mit Blasen bedeckt –, und da ich auch die Menge meiner Feinde immer weiter wachsen sah, gab ich ihnen schließlich zu verstehen, sie möchten mit mir tun, was ihnen beliebte.

Kurz darauf fühlte ich, wie die Stricke an meiner linken Seite soweit gelockert wurden, daß ich mich auf die rechte Seite legen konnte. Auch bestrich man mir das Gesicht und die Hände mit einer wohlriechenden Salbe, die schon nach wenigen Minuten meine Schmerzen linderte. Darauf schlief ich ein und erwachte erst nach ungefähr acht Stunden. Dies war kein Wunder, denn die Ärzte hatten auf königlichen Befehl dem Wein in den Fässern einen Schlaftrunk beigemischt.

Wie es schien, hatte der König, nachdem man mich nach meiner Landung schlafend auf dem Erdboden gefunden hatte, sogleich die Meldung erhalten, und es war im Hohen Rat beschlossen worden, mich zu fesseln, mir Speise und Trank zu geben und eine Maschine zu bauen, um mich damit in die Hauptstadt zu schaffen.

Solch ein Entschluß mag vielleicht kühn und gefährlich erscheinen, er war aber nach meiner Ansicht nicht nur edel, sondern auch sehr klug; denn hätte man versucht, mich im Schlaf durch Pfeile und Speere zu töten, würde ich doch beim ersten Gefühl von Schmerz erwacht sein, und meine Wut hätte mir ausreichend Kraft verliehen, um die Stricke, mit denen ich gefesselt war, zu zerreißen. Die Leute hätten dann keinen Widerstand mehr leisten und auch keine Schonung erwarten können.

Dieses Volk besitzt großes Talent für Mathematik und hat es unter dem Schutz und der Förderung des Königs, der ein Gönner der Wissenschaften ist, vor allem in der Mechanik sehr weit gebracht. Der Monarch verfügte über mehrere Maschinen mit Rädern für den Transport von Bäumen und anderen großen Lasten. Er läßt seine Kriegsschiffe, die bis zu drei Meter lang sind, direkt in den Wäldern bauen, wo das Bauholz wächst, und die fertigen Schiffe auf jenen Maschinen drei- bis vierhundert Meter weit zum Meer transportieren. Fünfhundert Zimmerleute und Maschinenbauer mußten sogleich ans Werk gehen, um die größte dieser Maschinen instand zu setzen. Es war ein Gestell aus Holz, zehn Zentimeter hoch, etwa drei Meter lang und zwei Meter breit und bewegte sich auf zweiundzwanzig Rädern.
Der Freudenschrei, den ich hörte, galt der Ankunft dieses Fuhrwerks; es mußte sich nach meiner Schätzung vier Stunden nach meiner Landung in Bewegung gesetzt haben. So wie ich da ausgestreckt lag, wurde das Fuhrwerk parallel zu mir in Stellung gebracht. Die Hauptschwierigkeit bestand nun darin, mich aufzuheben und auf den Wagen zu schaffen. Dies wurde so bewerkstelligt: Man rammte zuerst achtzig Pfähle von fünfzig Zentimeter Höhe ein, dann wurden starke Seile, so dick wie Bindfäden, mit Haken an einer Menge von Bandagen befestigt, die um meinen Hals, meinen Leib und meine Beine geschlungen waren. Neunhundert der stärksten Männer mußten an diesen Seilen ziehen, die über auf den Pfählen befestigten Rollen liefen, und so gelang es in weniger als drei Stunden, mich aufzuheben, auf das Fuhrwerk zu packen und festzubinden. Alles dies erzählte man mir später, denn während der ganzen Prozedur lag ich zufolge des Betäubungsmittels, das man mir in mein Getränk gegossen hatte, in tiefem Schlaf. Fünfzehnhundert der größten Pferde aus den königlichen Stallungen, jedes etwa zwölf Zentimeter hoch, zogen mich zur Hauptstadt.
Etwa vier Stunden nach Beginn unserer Reise wurde ich durch einen lächerlichen Zwischenfall geweckt. Als nämlich das Fuhrwerk eine Weile anhielt, weil irgend etwas daran nicht in Ordnung war, wollten zwei oder drei junge Eingeborene wissen, wie ich denn aussähe, wenn ich schlief. Sie kletterten auf das Fuhrwerk,

schlichen ganz leise zu meinem Gesicht, und einer von ihnen, ein junger Gardeoffizier, steckte seine Lanze in mein linkes Nasenloch. Dies kitzelte mich wie ein Strohhalm, und ich mußte heftig niesen, worauf sie sich wieder davonschlichen. Ich erfuhr erst drei Wochen später die Ursache meines Erwachens.
Wir legten noch eine beträchtliche Strecke zurück, und als wir unser Nachtlager aufschlugen, stellte man zu meinen beiden Seiten fünfhundert Wachen auf, die eine Hälfte mit Fackeln, die anderen zum Schießen bereit, falls ich etwa Miene machen würde, mich zu rühren. Am nächsten Morgen setzten wir bei Tagesanbruch unseren Weg fort und näherten uns gegen Mittag den Toren der Stadt bis auf etwa zweihundert Meter. Der König mit seinem ganzen Heer kam uns entgegen, doch baten ihn die hohen Würdenträger ehrerbietig, er möge seine geheiligte Person nicht der Gefahr aussetzen, meinen Leib zu besteigen.
Auf dem Platz, wo der Wagen hielt, stand ein alter Tempel, wohl der größte im ganzen Land. Einige Jahre vorher war er durch einen Mord befleckt worden. Das Volk hielt den Tempel deshalb für entweiht, und man hatte ihn, nachdem alle geheiligten Geräte daraus entfernt worden waren, für weltliche Zwecke bestimmt.
In diesem Bauwerk sollte ich wohnen. Das große, nach Norden gehende Tor war etwa eineinhalb Meter hoch und einen halben Meter breit, so daß ich leicht hindurchkriechen konnte. An jeder Seite des Tores befand sich ein kleines Fenster. Am linken befestigte der königliche Hofschmiedemeister einundneunzig Ketten von der Art europäischer Damenuhrketten, die er mit sechsunddreißig Vorhängeschlössern an meinem linken Bein verankerte.
Dem Tempel gegenüber, auf der anderen Seite der breiten Straße, stand ein ungefähr zwei Meter hoher Turm. Diesen bestieg der König mit zahlreichen Würdenträgern seines Hofstaates, um mich bequem betrachten zu können. Ungefähr hundertausend Menschen kamen aus der Stadt heraus, und ich glaube, daß gleichzeitig, ungeachtet der Wachen, nicht weniger als zehntausend auf meinen Körper gestiegen sind. Aber bald darauf wurde eine Verfügung erlassen, daß dies bei Todesstrafe verboten sei.
Als die Leute sahen, daß es mir unmöglich war, mich zu befreien,

durchschnitten sie alle Stricke, mit denen ich gefesselt war. Daraufhin erhob ich mich – das Staunen des Volkes läßt sich nicht beschreiben, als es mich, zu meiner vollen Größe aufgerichtet, sah. Die Ketten an meinem linken Bein gestatteten mir, mich in einem Halbkreis zu bewegen. Da sie nur einen Meter vom Tor des Tempels entfernt befestigt waren, konnte ich auch einigermaßen bequem hineinkriechen und mich drinnen ausstrecken.

2

Nachdem ich aufgestanden war, blickte ich mich um: Ich gestehe offen, daß ich nie in meinem Leben eine angenehmere Aussicht hatte. Das ganze Land ringsum glich einer wohlgepflegten Gartenanlage: Die eingezäunten Felder sahen wie Blumenbeete aus und wechselten mit kleinen Wäldern ab, deren höchste Bäume ungefähr drei Meter hoch waren. Die Stadt lag zu meiner Linken und sah wie eine Theaterkulisse aus. Ruhig wartete ich die weitere Entwicklung ab.

Nachdem der König den Turm wieder verlassen hatte, näherte er sich mir zu Pferd. Das wäre ihm beinahe teuer zu stehen gekommen, denn das Tier meinte wahrscheinlich, ein Berg bewege sich vor ihm, und bäumte sich hoch auf. Der König, ein trefflicher Reiter, hielt sich jedoch im Sattel, bis sein Gefolge herbeieilte und dem Pferd in die Zügel fiel. Nun stieg der König ab und betrachtete mich von allen Seiten mit größter Verwunderung. Dann ließ er seine Köche kommen, die schon in der Nähe standen und auf seinen Wink kleine Wagen zu mir herschoben, so daß ich sie erreichen konnte. Zwanzig dieser Wägelchen waren mit Speisen beladen, und jedes enthielt etwa zwei oder drei gute Bissen; zehn Wägelchen standen mit Getränken bereit. Von den Getränken goß ich immer zehn der irdenen Fläschchen in einen Wagen und leerte diesen dann in einem Zug. So konnte ich, wenn auch umständlich, Hunger und Durst stillen.

Die Königin, die Prinzen und Prinzessinnen saßen, von Hofdamen umgeben, in einiger Entfernung in ihren Sänften. Nach dem

Zwischenfall mit des Königs Pferd stiegen sie aus und näherten sich seiner Person, die ich nun näher beschreiben will:
Die Majestät ist fast um die Breite meines Fingernagels größer als jeder andere Mann am Hof. Seine Gesichtszüge sind ausgeprägt und männlich; er hat eine Habsburgerlippe und eine gebogene Nase; die Gesichtsfarbe ist bräunlich. Seine Gestalt ist von vollkommenem Ebenmaß, alle Bewegungen sind leicht und anmutig, die Haltung majestätisch.
Der Herrscher stand im besten Mannesalter, er zählte gerade achtundzwanzig Jahre; seit sieben Jahren hatte er mit viel Glück fast immer siegreich regiert.
Um ihn leichter betrachten zu können, legte ich mich auf die Seite, so daß sich mein Gesicht mit dem seinen in gleicher Höhe befand, während er nur drei Schritte von mir entfernt stand. Später habe ich ihn oftmals in meiner Hand gehalten; ich kann mich daher in meiner Beschreibung nicht irren. Seine Kleidung war einfach und ohne Prunk. Auf dem Kopf trug er einen goldenen, mit Juwelen und einer Feder geschmückten leichten Helm. Er hielt sein blankes Schwert in der Hand, für den Fall, daß ich mich losreißen würde. Das Schwert war acht Zentimeter lang, Heft und Scheide waren von Gold, mit Diamanten besetzt. Der König hatte zwar eine schrille Stimme, aber sprach laut und artikuliert, so daß ich ihn sogar deutlich verstehen konnte, wenn ich aufrecht stand.
Alle Damen und Herren des Hofes waren aufs prächtigste geschmückt, so daß die Stelle, wo sie standen, wie ein auf dem Boden ausgebreiteter, mit goldenen und silbernen Figuren bestickter Teppich aussah. Der König redete mich an, und ich antwortete, aber keiner verstand den anderen. Um ihn versammelt waren Personen des geistlichen und des richterlichen Standes, wie ich nach ihrer Kleidung schließen konnte. Diese erhielten Befehl, mich anzusprechen, und ich versuchte es in allen Sprachen, von denen ich nur ein Wörtchen wußte, zum Beispiel: in Deutsch, Holländisch, Latein, Französisch, Spanisch und Italienisch. Alles vergebens! Nach etwa zwei Stunden zog sich der Hof zurück, und ich wurde mit einer starken Wache zurückgelassen, die die Zudringlichkeit des Pöbels abwehren mußte, der sich so nahe wie möglich an mich

herandrängte. Einige waren sogar so unverschämt, ihre Pfeile auf mich abzuschießen, während ich vor meinem Haus auf der Erde saß. Ein Pfeil traf beinahe mein linkes Auge.
Der Oberst befahl daraufhin, mir sechs der Leute gefesselt auszuliefern. Ich nahm sie in meine rechte Hand, steckte fünf von ihnen in meine Rocktasche und machte Miene, als wollte ich den sechsten lebendig verspeisen. Der arme Mann schrie erbärmlich, und der Oberst und seine Offiziere waren in Sorge, ich könnte meine Drohung wahrmachen – besonders, als sie mich mein Federmesser herausziehen sahen. Aber ich nahm ihnen bald die Furcht, denn mit freundlicher Miene schnitt ich die Stricke durch, womit der kleine Mann gebunden war, und setzte ihn behutsam auf die Erde. Er machte sich davon, so schnell er konnte. Die übrigen fünf behandelte ich auf die gleiche Weise: Ich nahm einen nach dem anderen aus der Tasche, drohte ihm und setzte ihn dann frei. Ich bemerkte, daß dieser Beweis meiner Milde sowohl beim Militär als auch beim Volk einen höchst günstigen Eindruck machte.
Gegen Abend begab ich mich mit einigen Schwierigkeiten in mein Haus. Durch vierzehn Nächte schlief ich auf dem Fußboden. Inzwischen hatte der König Befehl gegeben, ein Bett für mich herrichten zu lassen. Sechshundert Matratzen wurden nun im meinem Haus aufgelegt. Einhunderfünfzig davon zusammengenäht bildeten jeweils eine Schicht; das ergab also vier Schichten, eine über der anderen, die jedoch nur sehr wenig die Härte der Unterlage, den nackten Steinen, milderten. Ähnlich verhielt es sich mit Bettüchern und Decken.
Als sich die Nachricht von meiner Ankunft im Königreich verbreitete, zogen Scharen von reichen, müßigen und neugierigen Leuten herbei, um mich zu sehen. Dörfer und Provinzstädte standen fast leer, und bald hätten Handel und Arbeit gänzlich geruht, wenn Seine Majestät nicht durch wiederholte Bekanntmachungen und Kabinettsbefehle diesem Übelstand vorgebeugt hätte. Es wurde angeordnet, daß alle, die mich einmal gesehen hatten, unverzüglich heimkehren und sich nicht unterstehen sollten, sich ohne einen ausdrücklichen Erlaubnisschein innerhalb fünfzig Schritte von meinem Haus blicken zu lassen.

Unterdessen hielt der König eine Ratsversammlung nach der anderen ab, um zu überlegen, was mit mir geschehen sollte, und mir wurde später versichert, der Hof sei meinetwegen in größter Verlegenheit gewesen. Man befürchtete, daß ich mich losreißen, daß meine Ernährung zu kostspielig sein und eine Hungersnot herbeiführen würde. Daher beabsichtigte man zuerst, mich verhungern zu lassen oder mir mit vergifteten Pfeilen den Garaus zu machen. Dagegen sprach aber, daß die Verwesung eines so großen Leichnams eine Seuche in der Hauptstadt und vielleicht im ganzen Reich verursachen würde.

Während dieser Debatte erschienen mehrere Offiziere und erstatten Bericht über mein freundliches Benehmen gegen die sechs Missetäter. Seine Majestät und der ganze Rat wurden dadurch zu meinen Gunsten umgestimmt. Durch einen königlichen Erlaß wurden sämtliche Dörfer im Umkreis der Stadt verpflichtet, jeden Morgen sechs Ochsen, vierzig Schafe und sonstige Lebensmittel für meinen Unterhalt zu liefern, samt einer gewissen Quantität Wein und anderer Getränke, deren angemessene Vergütung Seine Majestät aus der königlichen Schatzkammer anwies. Dieser Monarch beschränkt sich nämlich fast ausschließlich auf seine eigenen Einkünfte und erhebt nur in ganz seltenen Fällen Steuern von seinen Untertanen. Außerdem wurden Anordnungen für meine Bedienung getroffen: Sechshundert besoldete Personen, für die Zelte an beiden Seiten meiner Tür erbaut wurden, sollten für mein leibliches Wohl sorgen. Ferner wurden dreihundert Schneider beauftragt, mir einen der Landessitte gemäßen Anzug anzufertigen; sechs der größten Gelehrten sollten mich in der Landessprache unterrichten; und endlich erging an die Garde der Befehl, die königlichen Pferde häufig in meiner Nähe zu reiten, um sie an meinen Anblick zu gewöhnen.

Alle diese Befehle wurden ausgeführt, und nach etwa drei Wochen hatte ich bereits große Fortschritte in meinen Sprachstudien gemacht. Während dieser Zeit beehrte mich der Herrscher häufig mit seinem Besuch und fand Gefallen daran, meine Lehrmeister hin und wieder in ihren Bemühungen zu unterstützen. Wir konnten schon einigermaßen ein Gespräch miteinander führen. Zuerst lernte ich, meinen Wunsch auszudrücken, daß er geruhen möge, mir meine Freiheit zu schenken. Diese Bitte wiederholte ich bei jedem seiner Besuche. Die Antwort des Königs lautete, wie leider vorauszusehen war, dies bedürfe einer angemessenen Zeit und könne nicht ohne die Zustimmung seines Ministerrates geschehen, auch müsse ich zuerst dem Frieden und dem Reich den Treueeid schwören. Indessen sollte ich mit aller Rücksicht behandelt werden. Er ermahnte mich, mir durch Geduld seine und seiner Untertanen gute Meinung zu erwerben. Auch möge ich nicht Anstoß daran nehmen, wenn er eine Leibesvisitation bei mir vornehmen lasse, denn wahrscheinlich habe ich Waffen bei mir, die sehr gefährliche Dinge sein müßten, wenn sie der Größe meiner Person entsprächen. Ich erwiderte, daß ich bereit sei, meine Taschen umzuwenden.

Er entgegnete, nach den Gesetzen des Reichs müsse ich von zwei seiner Beamten durchsucht werden. Er wisse, dies könne nicht ohne meine Einwilligung und ohne meine Hilfe geschehen, er habe aber eine so gute Meinung von meiner gerechten Denkungsart, daß er ihr Leben meinen Händen anvertraue. Alles, was sie mir abnahmen, sollte mir beim Verlassen des Landes zurückgestellt oder nach dem Wert ersetzt werden, den ich dafür bestimmen würde. Ich nahm die beiden Beamten in meine Hand, steckte sie erst in meine Rocktaschen, dann in alle übrigen Taschen, ausgenommen eine verborgene, die ich nicht durchsuchen lassen wollte, da sich darin Kleinigkeiten befanden, die nur für mich Wert hatten. Die Herren hatten Papier, Feder und Tinte bei sich und stellten von allem, was sie fanden, ein genaues Verzeichnis auf. Nachdem sie ihren Befehl ausgeführt hatten, ersuchten sie mich, sie wieder auf den Boden zu setzen, um dem König die Papiere überreichen zu können. Dieses Aktenstück ist später von mir übersetzt worden und lautet wörtlich wie folgt:

»In der rechten Rocktasche des großen Menschenbergs wurde nach der strengen Durchsuchung nur ein Stück groben Zeuges gefunden, groß genug, um in Eurer Majestät großem Staatssaal als Teppich zu dienen. In der linken Tasche fanden wir eine ungeheure silberne Kiste mit einem Deckel aus gleichem Metall, die wir nicht zu öffnen vermochten. Nachdem sie auf unser Verlangen aufgemacht wurde, trat einer von uns hinein und befand sich bis an die Knie in einer Art groben Staubes, der bei uns wiederholtes Niesen verursachte. In der oberen Rocktasche wurde ein ungeheures Bündel einer weißen, dünnen, übereinandergefalteten Substanz gefunden, mit einem starken Tau zusammengebunden, mit schwarzen Figuren bemalt. Wir erlauben uns, die Vermutung auszusprechen, daß es Manuskripte seien, worauf jeder Buchstabe fast halb so groß wie die Fläche einer Hand ist. In der linken Rocktasche fand sich eine Maschine, aus deren Rücken zwanzig lange Pfähle hervorstehen, ähnlich den Palisaden vor Eurer Majestät Palast. Nach unserem Ermessen kämmt sich der Menschenberg mit dieser Maschine sein Haar.

In der rechten Hosentasche befindet sich eine hohle Säule aus Eisen, etwa von Manneslänge, die an einem noch größeren Holzpflock befestigt ist. An einer Seite der besagten Säule ragen ungeheure, zu wunderlichen Figuren geformte Eisenstücke heraus. Wir erlauben uns zu bemerken, daß wir nicht wissen, wozu dies dient. In der linken Tasche fanden wir eine Maschine gleicher Art. In der kleinen Tasche an der rechten Seite fanden sich mehrere flache, runde Stücke aus weißem und rotem Metall verschiedener Größe. Einige der weißen, die aus Silber zu sein scheinen, sind so schwer, daß mein Kollege und ich sie kaum zu heben vermochten. In der linken Tasche stecken zwei schwarze, unregelmäßig gestaltete, längliche Gehäuse. In jedem ist eine ungeheuer große Stahlplatte enthalten, welche wir unserer Vollmacht gemäß zu sehen verlangten, weil wir Verdacht hegten, es könnten staatsgefährliche Sachen sein. Der Menschenberg nahm sie aus den Gehäusen und gab an, man rasiere mit der einen Stahlplatte in seinem Vaterland den Bart, mit der anderen schneide man Fleisch.

Zwei Taschen sind noch vorhanden, in die wir nicht gelangen konnten. Aus der einen sahen wir eine lange Silberkette hängen, die an einer wunderbaren Maschine befestigt ist. Wir forderten den Gefangenen auf, alles vorzuweisen, was sich am Ende der Kette befände, und da erschien eine Art Kugel, halb aus Silber und halb aus

einem durchsichtigen Material. Auf der durchsichtigen Seite sahen wir seltsame Figuren, die einen Kreis bilden. Als wir diese berühren wollten, wurden unsere Finger durch das durchsichtige Material daran gehindert. Der Gefangene hielt die Maschine an unsere Ohren, und wir vernahmen ein unaufhörliches Getöse wie in einer Wassermühle; wir sind der Meinung, daß es sich entweder um ein unbekanntes Tier handelt oder um einen Götzen, den er anbetet. Doch neigen wir mehr der letzteren Ansicht zu, denn er versicherte uns, daß er selten etwas unternehme, ohne das Ding um Rat zu fragen. Er sagte, dieses bestimme die Zeit für jede Handlung seines Lebens. Aus der linken Tasche nahm er ein Netz, fast groß genug für einen Fischer, das sich öffnet und schließt wie eine Börse. Wir fanden darin mehrere massive Stücke aus gelbem Metall, die, wenn sie echtes Gold wären, von unendlichem Wert sein müßten.
Nachdem wir so Eurer Majestät Auftrag zufolge alle Taschen des Menschenberges einer genauen Prüfung unterzogen hatten, bemerkten wir einen Gurt um seinen Leib, der aus der Haut irgendeines riesigen Tieres angefertigt sein muß. An der linken Seite hängt ein Schwert herab, so lang wie fünf Mann, an der rechten dagegen ein Sack oder Beutel, der in zwei Zellen zerfällt, jede groß genug, um drei von Eurer Majestät Untertanen bequem zu verbergen. In einer dieser Zellen befinden sich Kugeln aus einem sehr schweren Metall. Sie sind etwa von der Größe unserer Häupter und erfordern eine starke Hand, um sie zu heben. In der anderen Zelle ist ein Haufen schwarzer Körner, aber weder von großem Umfang noch Gewicht, so daß wir mehr als fünfzig Stück in der Hand halten konnten.
Das ist eine genaue Aufstellung aller am Körper des Menschenberges gefundenen Gegenstände, der uns übrigens mit großer Höflichkeit und mit der Eurer Majestät gebührenden Achtung behandelte.
Gegeben und unterzeichnet am vierten Tag des neunundachtzigsten Monats Eurer Majestät segensreicher Herrschaft.

Clefrin Frelock, Marsi Frelock«

Als man dem König die Inventarliste vorgelesen hatte, forderte mich dieser auf, alle namhaft gemachten Gegenstände auszuliefern. Zuerst

mein Schwert, das ich, ohne mich zu weigern, abnahm. Auf seinen Wink hatten sich unterdessen dreitausend Mann der Elitetruppen in voller Bewaffnung schußbereit in einiger Entfernung rings um mich aufgestellt; doch ich bemerkte sie gar nicht, denn meine Aufmerksamkeit war ganz von Seiner Majestät in Anspruch genommen. Der König gab dem Wunsch Ausdruck, ich möge das Schwert ziehen, das, obgleich es durch das Seewasser einige Rostflecken bekommen hatte, doch an den meisten Stellen noch blank und glänzend war. In dem Augenblick, als ich das Schwert aus der Scheide zog, erschollen von allen Seiten Rufe des Erstaunens und des Schreckens, denn die Sonne schien, und der funkelnde Stahl blendete, als ich das Schwert in meiner Hand hin und her schwang, die Augen der Soldaten. Seine Majestät, ein mutiger Fürst, war weniger erschrocken, als ich erwartet hatte. Er befahl mir, das Schwert wieder in die Scheide zu stecken und so behutsam wie möglich auf die Erde zu legen. Das nächste, was er verlangte, war eine der hohlen eisernen Säulen, womit er meine Taschenpistolen meinte. Ich zog sie heraus und versuchte, ihm ihren Gebrauch zu erklären. Ich lud sie mit Pulver, ermahnte den König, nicht zu erschrecken, und feuerte die Pistolen in die Luft ab. Die Bestürzung war noch größer als beim Anblick des Schwertes. Hunderte fielen wie tot zu Boden, selbst der König brauchte einige Zeit, um sich wieder zu sammeln.
Ich lieferte beide Pistolen und meine Pulver- und Kugeltaschen ab, bat aber, das Pulver sorgfältig vor Feuer zu schützen, da es ein Funke entzünden und dadurch den Palast in die Luft sprengen könnte. Dann übergab ich meine Uhr, die der König besonders gern sehen wollte. Zwei Leute von der Garde mußten sie mit einer Stange auf die Schulter nehmen. Der König wunderte sich über das fortwährende Ticken und die Bewegung des Minutenzeigers, die er deutlich sehen konnte, da die Sehkraft dieser Leute weit schärfer als die unsere ist. Nun übergab ich mein Silber- und Kupfergeld, die Börse mit neun großen und einigen kleinen Goldstücken, Taschen- und Rasiermesser, meinen Kamm und die silberne Schnupftabakdose, das Taschentuch und mein Tagebuch. Schwert, Pistolen und Jagdtasche wurden auf Wagen in das königliche Arsenal gebracht und dort aufbewahrt. Meine übrigen Habseligkeiten wurden mir zurückgegeben.

Ich hatte aber, wie schon bemerkt, eine verborgene Tasche, die der Durchsuchung entging. Darin befanden sich eine Hornbrille, die ich bisweilen wegen der Schwäche meiner Augen aufsetzte, ein Taschenfernrohr und einige Kleinigkeiten. Da alle diese Dinge für den König keine Bedeutung hatten, hielt ich mich nicht für verpflichtet, sie vorzuzeigen, besonders da ich fürchtete, sie könnten verlorengehen oder zerbrochen werden, wenn ich sie aus den Händen gäbe.

3

Mein friedliches und gutes Betragen hatte den König und sein Gefolge wie auch die Armee und das Volk für mich eingenommen. So begann ich zu hoffen, in kurzer Zeit wieder in Freiheit zu sein, und ergriff jede Gelegenheit, diese günstige Stimmung zu fördern. Die Bevölkerung kam immer mehr zur Überzeugung, daß sie von mir nichts zu befürchten habe. Bisweilen legte ich mich nieder und ließ vier oder fünf der kleinen Leute auf meiner Hand tanzen, und schließlich wagten die Buben und Mädchen sogar, in meinem Haar Verstecken zu spielen. Inzwischen hatte ich gute Fortschritte im Erlernen der Landessprache gemacht. Eines Tages hatte der König den Einfall, mich mit einigen landesüblichen Spielen zu unterhalten. An Geschicklichkeit übertraf dieses Volk alle mir bekannten Völker. Aber nichts fesselte mich so wie die Darbietungen der Seiltänzer auf einem dünnen weißen Faden, der etwa einen Meter über dem Boden gespannt war.

Das Seiltanzen praktizieren nur Personen, die sich um ein hochgestelltes Amt und die Gunst des Hofes bemühen. Von Jugend auf üben sie diese Kunst. Wird ein wichtiger Posten frei, so überreichen fünf oder sechs der Bewerber dem König ein Gesuch, Seine Majestät und den Hof durch einen Tanz auf dem Seil unterhalten zu dürfen. Wer am höchsten springt, ohne zu stürzen, erhält den freigewordenen Posten.

Oft müssen auch die regierenden Minister ihre Geschicklichkeit zeigen und den König davon überzeugen, daß sie ihre Fähigkeiten nicht eingebüßt haben. Flimnax, der Finanzminister, gibt dann auf dem gespannten Seil einen Luftsprung zum besten, höher als es ihm einer der großen Herren im ganzen Reich gleichtun könnte. Ich sah ihn mehrmals hintereinander einen Salto auf einer Holzscheibe ausführen, die an einem Seil von der Stärke eines gewöhnlichen Bindfadens befestigt war. Mein Freund Redresal, erster königlicher Geheimschreiber, ist, wenn Freundesaugen nicht täuschen, der beste nach dem Finanzminister. Die übrigen hohen Beamten sind ungefähr gleichwertig, wenn ihre Geschicklichkeit auch nicht hervorragend ist.

Eine andere Veranstaltung findet nur bei besonderen Gelegenheiten in Gegenwart des Königs, der Königin und des Ministerpräsidenten statt. Der König legt drei feine Seidenbänder von fünfzehn Zentimeter Länge – ein blaues, ein rotes und ein grünes – auf den Tisch. Diese Bänder dienen als Belohnung für denjenigen, dem der König ein besonderes Zeichen seiner Gunst zukommen lassen will. Die Zeremonie geht im großen Thronsaal vor sich, wo die Bewerber einen Beweis ihrer Geschicklichkeit abzulegen haben. Dieser ist völlig verschieden von den vorher geschilderten, und ich habe etwas Ähnliches nie zuvor in einem anderen Land gesehen. Der König hält einen Stock waagrecht in der Hand, die Kandidaten treten einer nach dem anderen heran und springen vorwärts oder rückwärts darüber oder kriechen unten durch, je nachdem der Stock gehoben oder gesenkt wird. Bisweilen hält der König das eine Ende des Stockes und der Ministerpräsident das andere, manchmal hält ihn dieser auch allein. Wer seine Aufgabe mit der größten Geschicklichkeit erledigt und die längste Ausdauer im Springen und Kriechen hat, wird mit dem blauen Band ausgezeichnet, der nächste erhält das rote und der dritte das grüne. Die Bänder werden zweimal um die Hüfte geschlungen, und man sieht bei Hof kaum eine Persönlichkeit, die nicht mit einem solchen Gürtel geschmückt ist.

Die Pferde der Armee und aus den königlichen Ställen, die man täglich an meinen Anblick gewöhnt hatte, ließen sich bald, ohne scheu zu werden, bis an meine Füße reiten. Die Reiter betrachteten es als eine Übung, über meine Hand zu springen, wenn ich sie auf dem Boden hielt, und einer von den Jägern des Königs setzte bei

einem großen Jagdrennen sogar über meinen Fuß hinweg – wirklich ein erstaunliches Wagestück.
Ich hatte das Glück, eines Tages den König auf eine sehr ungewöhnliche Weise unterhalten zu dürfen. Ich verlangte mehrere einen Meter lange Stäbe von der Dicke eines gewöhnlichen Spazierstocks. Seine Majestät erteilte sogleich seinen Forstaufsehern den Befehl, und am nächsten Morgen erschienen die Forstmänner mit acht beladenen Wagen, deren jeder von sechs Pferden gezogen wurde. Ich nahm acht Stäbe und steckte sie fest in den Boden, so daß sie ein Viereck bildeten. Darauf nahm ich vier andere Stäbe und band sie quer an den vier Enden fest. Dann befestigte ich mein Halstuch an den acht aufrechten Stäben und zog es an allen Seiten straff an, bis es so fest gespannt war wie das Kalbsfell auf einer Trommel. Die vier Querstäbe, die etwa zehn Zentimeter höher befestigt waren als das Tuch, bildeten an den Seiten ein Geländer. Nun ersuchte ich den König, eine Abteilung seiner Kavallerie, etwa vierundzwanzig Mann, auf diesem Terrain manövrieren zu lassen. Ich nahm die Berittenen, einen nach dem anderen, in die Hand und stellte sie auf das gespannte Halstuch. Die Reiter teilten sich in zwei Parteien und führten höchst ergötzliche Scheingefechte auf, wobei sie stumpfe Pfeile abschossen, ihre Schwerter zogen, angriffen und sich zurückzogen und die beste militärische Taktik bewiesen, die ich je gesehen habe. Die Querstäbe schützten sie dabei vor dem Herabfallen. Der König zeigte solchen Gefallen an meiner Idee, daß er dieser Unterhaltung mehrere Tage hindurch nicht überdrüssig wurde und sich einmal selbst hinaufheben ließ, um den Oberbefehl zu übernehmen – ja mit viel Zureden bewog er sogar die Königin, sich von mir in ihrem verschlossenen Wagen hinaufheben zu lassen, um von meiner Hand aus das kriegerische Schauspiel bequem sehen zu können. Zum Glück ereignete sich dabei kein Unfall. Ein andermal allerdings schlug ein wildes Pferd, das mit dem Huf stampfte, ein Loch in mein Tuch und überschlug sich mit dem Reiter. Ich kam ihnen sogleich zu Hilfe, bedeckte das Loch mit meiner Hand und nahm mit der anderen die ganze Truppe, so wie ich sie hinaufgehoben hatte, wieder herab. Das gestürzte Pferd hatte eine Zerrung in der linken Schulter, der Reiter

aber war unverletzt. Ich stopfte mein Halstuch, so gut es ging. Aber ich hütete mich, das gefährliche Spiel nochmals zu versuchen.

Etwa zwei oder drei Tage, ehe ich meine Freiheit erhielt, kam eine Stafette zu Seiner Majestät mit der Meldung, in der Gegend, wo man mich damals gefunden hatte, sei eine schwarze, seltsam geformte Masse gesehen worden, so groß wie Seiner Majestät Schlafgemach. Es sei kein lebendiges Wesen, wie sie anfangs befürchtet hatten, denn es liege ganz ohne Bewegung. Einige waren hinaufgestiegen und glücklich auf den Gipfel gelangt. Dieser sei flach und eben, und als sie darauf herumstampften, hätten sie bemerkt, daß darunter ein Hohlraum sei. Sie erlaubten sich untertänigst, die Vermutung auszusprechen, daß das Ding dem Menschenberg gehöre und daß sie es, wenn Seine Majestät dies befehle, mit nicht mehr als fünf Pferden herbeischaffen könnten. Ich erriet auf der Stelle, was sie meinten, und freute mich sehr über die Nachricht. Als ich nach unserem Schiffbruch an die Küste kam, war ich, wie es schien, so verwirrt gewesen, daß ich, ohne es zu merken, meinen Hut verloren hatte, den ich beim Rudern mit einem Band festgebunden und auch beim Schwimmen aufbehalten hatte. Später glaubte ich, er sei mir im Wasser abhanden gekommen. Ich ersuchte den König, mir den Hut möglichst schnell herbeischaffen zu lassen.

Schon am nächsten Tag kamen die Fuhrleute mit ihm an, aber er war in einem traurigen Zustand. Sie hatten zwei Löcher in den Rand gebohrt und Haken darin befestigt und diese mit einem langen Strick an den Wagen gebunden; so war mein Hut über einen Kilometer weit auf der Erde nachgeschleift worden. Zum Glück ist der Boden in diesem Land sehr eben und glatt, so daß der Schaden geringer war, als ich erwartete.

Zwei Tage nach dieser Begebenheit ließ der König alles Militär aus der Hauptstadt und der Umgebung zusammenziehen, um sich an einer absonderlichen Parade zu vergnügen. Ich mußte die Stellung des Rhodischen Kolosses einnehmen und meine Beine so weit auseinanderspreizen, wie ich konnte. Dann erhielt der General, ein alter erprobter Heerführer und großer Gönner meiner Person, Befehl, die Truppen in geschlossenen Kolonnen aufzustellen und mit klingendem Spiel, wehenden Fahnen und vorgeschobenen Piken unter mir durchmarschieren zu lassen. Es waren dreitausend Mann zu Fuß und tausend zu Pferd.

Ich hatte so viele Eingaben um meine Freilassung eingereicht, daß Seine Majestät diese Angelegenheiten schließlich im Ministerrat und dann in einer Vollversammlung des Kronrates zur Sprache brachte. Es wurde kein Einspruch erhoben, mit Ausnahme von seiten Skyresh Bologolams, der, ohne daß ich ihm jemals einen Anlaß dazu gegeben hätte, mein Todfeind war. Aber die ganze Versammlung stimmte gegen ihn, und der König bestätigte den Beschluß.

Skyresh Bologolam war Großadmiral. Er war einer der vertrautesten Mitarbeiter des Königs und sehr erfahren in allen Staatsgeschäften, jedoch mürrisch und bösartig. Immerhin wurde er schließlich zum Nachgeben überredet, erreichte aber doch, daß die Punkte, die ich als Bedingungen meiner Freiheit beschwören sollte, von ihm selbst abgefaßt wurden. Diese Artikel wurden mir von Skyresh Bologolam persönlich überbracht.

Nachdem ich sie durchgelesen hatte, mußte ich ihre Einhaltung beschwören, zuerst nach der Sitte meiner Heimat und dann nach den hier geltenden gesetzlichen Vorschriften. Demnach mußte ich meinen rechten Fuß in die linke Hand nehmen, den Mittelfinger meiner rechten Hand auf meinen Scheitel und den Daumen an mein rechtes Ohrläppchen legen. Da der Leser aber vielleicht neugierig ist, den Stil und die Ausdrucksweise dieser Leute kennenzulernen, habe ich das ganze Schriftstück Wort für Wort übersetzt:

»GOLBASTO MOMAREN EVLAME SCHEFIN GURDILO MULLY GUE, der großmächtige Herrscher von Liliput, die Wonne und der Schrecken des Weltalls, dessen Herrschaft bis an den Rand des Erdkreises reicht, der König der Könige, größer als die Söhne der Menschen, dessen Füße niedertreten bis zum Mittelpunkt der Erde und dessen Haupt gegen die Sonne stößt, auf dessen Wink die Fürsten der Erde ihre Knie beugen; freundlich wie der Frühling, kräftig wie der Sommer, fruchtbar wie der Herbst und gewaltig wie der Winter, bietet dem kürzlich in Unserem

himmlischen Reich angelangten Menschenberg folgende Bedingungen, die er durch einen feierlichen Eid zu erfüllen beschwört:
1. Dem Menschenberg soll nicht gestattet sein, sich ohne Unsere mit königlichem Staatssiegel förmlich ausgefertigte Genehmigung aus Unseren Besitzungen zu entfernen.
2. soll er sich nicht vermessen, ohne Unseren ausdrücklichen Befehl in Unsere Hauptstadt zu kommen, da die Einwohner zwei Stunden zuvor zu warnen sind, sich während seines Aufenthaltes in der Stadt nicht aus den Häusern zu wagen.
3. hat der besagte Menschenberg seine Wege auf Unsere Hauptfahrstraßen zu beschränken, und Wir warnen ihn, sich jemals auf Wiesen oder Kornfelder zu begeben.
4. Auf den besagten Fahrstraßen hat sich der Menschenberg die äußerste Vorsicht zur Pflicht zu machen, damit er nicht auf Unsere Untertanen trete oder auf ihre Pferde und Wagen, noch darf er irgendeinen Unserer Untertanen ohne dessen Einwilligung in seine Hände nehmen.
5. Sollten wichtige Depeschen eine schleunige Beförderung nötig machen, so ist der Menschenberg einmal im Monat verpflichtet, den Boten und dessen Pferde bis zu einer Entfernung von sechs Tagereisen in seiner Tasche zu transportieren und, falls erforderlich, auch wieder zurückzuschaffen.
6. ist der Menschenberg Unser treuer Bundesgenosse gegen Unsere Feinde auf der Insel Blefuscu und verspricht, bei Ausbruch von Feindseligkeiten alles aufzubieten, um die feindliche Flotte zu zerstören.
7. ist der besagte Menschenberg verpflichtet, in seinen Mußestunden Unseren Arbeitern zu helfen, die Steinblöcke aufzuwinden, womit die Mauern des königlichen Parks und andere große Bauten errichtet werden sollen.
8. hat der besagte Menschenberg binnen zweimonatiger Frist eine genaue Vermessung des Umfanges Unserer Besitzungen vorzunehmen und dabei seine eigenen Schritte rund um die Küste als Maß anzunehmen.
Schließlich soll, nachdem der Menschenberg durch seinen feierlichen Eid die gewissenhafte Erfüllung der acht Bedingungen gelobt

hat, diesem eine tägliche Ration von Speisen und Getränken verabreicht werden, wie sie zur Ernährung von 1839 Unserer Untertanen hinreichend ist. Auch versprechen Wir ihm freien Zutritt zu Unserer königlichen Person und andere Beweise Unserer Gnade. Gegeben in Unserem Palaste zu Belfaborac am zwölften Tage des einundneunzigsten Monats Unserer Regierung.«

Ich legte meinen Eid ab und unterschrieb die Bedingungen mit großer Freude, obwohl einige davon nicht so ehrenvoll waren, wie ich sie mir gewünscht hätte. Dies hatte ich ausschließlich der Bosheit des Großadmirals Skyresh Bologolam zu verdanken. Unmittelbar darauf wurden mir die Ketten abgenommen, und ich erhielt meine volle Freiheit. Der König selbst erwies mir die Ehre, bei diesem Vorgang anwesend zu sein. Ich drückte ihm meine Dankbarkeit aus, indem ich mich ihm zu Füßen warf. Aber er befahl mir aufzustehen, und nach vielen gnädigen Worten, die ich aus Bescheidenheit nicht wiederholen will, setzte er hinzu, er hoffe, daß ich mich als ein nützlicher Diener erweisen und der Wohltaten würdig zeigen werde, die er mir schon erwiesen und ferner zugedacht habe.

In dem Aktenstück waren mir die Portionen für 1839 liliputanische Untertanen zugesagt worden. Als ich einige Zeit später einen Freund bei Hof befragte, wieso man gerade auf diese Zahl verfallen sei, erklärte er mir, daß die Mathematiker Seiner Majestät die Höhe meines Körpers mit Hilfe eines Quadranten gemessen und gefunden hätten, daß diese ihre eigene Höhe im Verhältnis zwölf zu eins übertreffe. Nach diesem Verhältnis hätten sie nun weiter berechnet, daß mein Körper wenigstens 1839 der ihrigen enthalten müsse und folglich so vieler Speisen zu seiner Ernährung bedürfe. Hieraus kann man sich von dem Scharfsinn dieses Volkes und von der klugen und genauen Denkungsart seines Monarchen eine Vorstellung machen.

4

Nach Erlangung meiner Freiheit äußerte ich als ersten Wunsch, die Hauptstadt Mildendo sehen zu dürfen. Der König genehmigte bereitwillig meine Bitte, doch mußte ich ausdrücklich Vorsicht versprechen, um weder Menschen noch Häuser zu zertreten. Die Einwohnerschaft wurde durch eine Bekanntmachung von meinem Vorhaben in Kenntnis gesetzt. Die starke Mauer, die rings um die Stadt läuft, ist dreiviertel Meter hoch und wenigstens dreißig Zentimeter breit, so daß sie mit Kutsche und Pferden sehr bequem befahren werden kann. Sie wird alle drei Meter von einem starken Turm flankiert. Ich schritt über das große westliche Tor und ging ganz behutsam durch die beiden Hauptstraßen. Aus Vorsicht hatte ich meine kurze Jacke angezogen, um nicht die Dächer und Dachrinnen der Häuser mit meinen Rockschößen zu beschädigen. Ich ging wie auf Eiern, aus Furcht, etwa einen Nachzügler, der sich auf den Straßen verspätet hatte, zu zertreten, obgleich streng verboten war, die Häuser zu verlassen. Die Fenster und Dächer der Häuser waren dicht mit Zuschauern besetzt. Die Stadt ist in der Form eines Quadrates angelegt, jeder der vier Mauern ist hundertfünfzig Meter lang. Die zwei großen Straßen, die sie durchschneiden, sind eineinhalb Meter, die übrigen Gassen, die ich nicht betreten konnten, sondern nur im Vorübergehen betrachtete, zwischen dreißig und fünfzig Zentimeter breit. In der Stadt können bis zu fünhunderttausend dieser Menschen wohnen. Die Gebäude haben drei bis fünf Stockwerke, Märkte und Läden verraten Reichtum und Luxus.

Im Mittelpunkt der Stadt, wo die beiden Hauptstraßen zusammentreffen, liegt der königliche Palast. Ringsherum läuft eine sechzig Zentimeter hohe Mauer, die von den Gebäuden selbst etwa sechs Meter entfernt ist. Mit Seiner Majestät Genehmigung trat ich über die Mauer, und da der Platz dahinter geräumig genug war, konnte ich den Palast von allen Seiten betrachten. Der äußere Hof bildet ein Quadrat von zwölf Meter und umschließt noch zwei andere Höfe, in welche die königlichen Gemächer blicken. Ich hätte diese gern besichtigt, mußte jedoch darauf verzichten. Die großen Tore, die von einem Hof in den anderen führen, sind nämlich nur fünfundvierzig Zentimeter hoch und achtzehn breit. Die Gebäude des äußeren Hofes sind wenigstens eineinhalb Meter hoch, und ich hätte nicht darübersteigen können, ohne bedeutenden Schaden anzurichten, obwohl sie solide gebaut und in massiven Quadern ausgeführt sind. Zwar wünschte der Herrscher, mir die Herrlichkeiten seines Palastes zu zeigen, doch konnte dies erst drei Tage später geschehen. Während dieser Zeit schnitt ich im königlichen Park, etwa hundert Schritt von der Stadt entfernt, mit meinem Messer mehrere der stärksten Bäume ab. Aus den Stämmen machte ich zwei Schemel, etwa neunzig Zentimeter hoch, fest genug, um mich zu tragen. Nachdem das Volk wiederum auf meine Ankunft vorbereitet worden war, schritt ich mit meinen beiden Schemeln in den Händen durch die Stadt auf den Palast zu. Als ich an der Seite des äußeren Hofes angekommen war, stellte ich mich auf einen Schemel und nahm den anderen in die Hand, hob ihn über das Dach und setzte ihn behutsam zwischen dem ersten und zweiten Hof nieder. Nun stieg ich vorsichtig von einem Schemel zum anderen über das Gebäude weg und zog den ersten mit einem Haken nach. Auf diese Weise gelangte ich in den inneren Hof, wo ich mich auf die rechte Seite legte und mein Gesicht an die Fenster der mittleren Geschosse hielt. Ich erblickte die prächtigsten Zimmer, die man sich nur denken kann. Ich sah auch die Königin, die jungen Prinzen und ihr Gefolge. Die Königin lächelte mir höchst gnädig zu und reichte mir aus dem Fenster ihre Hand zum Kuß.

Eines Morgens, etwa zwei Wochen nach meiner Freilassung, erschien Redresal, der Geheime Staatssekretär, nur von einem Diener begleitet, in meiner Wohnung. Er ließ seinen Wagen in einiger Entfernung warten und bat mich, ihm eine Stunde für eine Unterredung zu widmen. Ich stand ihm bereitwilligst zur Verfügung, sowohl seiner Person wie seiner Verdienste willen, aber auch wegen der Gefälligkeiten, die er mir bei meinen Gesuchen bei Hof erwiesen hatte. Ich bot ihm an, mich niederzulegen, damit er leichter mein Ohr erreichen könne, aber er zog es vor, während unserer Unterhaltung von mir in der Hand gehalten zu werden.

Er begann über meine neuerworbene Freiheit zu sprechen, setzte aber hinzu, daß ich diese ohne den gegenwärtigen Stand der Dinge bei Hof vielleicht nicht so bald erlangt haben würde. »Denn«, fuhr er fort, »so blühend auch der Zustand des Reiches einem Fremden erscheinen mag, so leiden wir doch unter zwei großen Übeln; nämlich einer gefährlichen Unstimmigkeit im Inneren, während wir von außen durch das Eindringen eines mächtigen Feindes bedroht sind. Es gibt hierzulande, müssen Sie wissen, seit etwa siebzig Monaten zwei einander heftig bekämpfende Parteien, die *Trarnecksan* und die *Sclamecksan*, so genannt nach den hohen und den niederen Absätzen ihrer Schuhe, durch die sie sich unterscheiden. Man behauptet tatsächlich, die hohen Absätze entsprächen mehr unserer alten Verfassung, aber wie dem auch sei, Seine Majestät hat angeordnet, daß innerhalb der Regierung, der Verwaltung und in allen Dienststellen, über deren Besetzung die Krone verfügt, niedrige Absätze zu benutzen sind. Es wird Ihnen auch nicht entgangen sein, daß die königlichen Absätze Seiner Majestät wenigstens ein *drurr,* das ist ungefähr eineinhalb Millimeter, niedriger sind als alle anderen am Hof. Die Gegensätze zwischen den Parteien sind so groß, daß sie es ablehnen, miteinander zu essen, zu trinken oder überhaupt nur zu reden. Wir glauben, daß die Tramecksan oder hohen Absätze uns zahlenmäßig überlegen sind, aber die Macht ist dennoch in unserer Hand. Wir müssen nur befürchten, bei Seiner königlichen Hoheit, dem Kronprinzen, einige Zuneigung zu den hohen Absätzen wahrzunehmen; wenigstens ist der eine seiner Absätze höher als der andere, was ihm beim Gehen einiges Hinken verursacht.

Inmitten dieser inneren Aufregung sind wir durch eine Invasion von der Insel Blefuscu bedroht, dem zweiten großen Reich der Welt, das fast ebenso groß und mächtig ist wie das Seiner Majestät. Denn was Ihre Behauptung betrifft, mein Freund, daß sich noch andere Königreiche und Staaten in der Welt befänden, die von ebenso großen menschlichen Geschöpfen bewohnt seien wie Sie selbst, so wird dies von unseren Gelehrten sehr in Zweifel gezogen. Diese neigen vielmehr zu der Ansicht, daß Sie vom Mond oder einem Stern herabgefallen sein müssen. Denn es ist ganz klar, daß hundert Sterbliche Ihrer Größe binnen kurzem Vieh und Frucht in

den Besitzungen Seiner Majestät zerstören würden; außerdem erwähnen unsere Geschichtswerke seit sechstausend Monden keine anderen Regionen als die großen Reiche Liliput und Blefuscu. Diese beiden Großmächte sind seit sechsunddreißig Monaten in einen höchst hartnäckigen Krieg verwickelt.
Dieser Krieg begann aus folgendem Anlaß: Es ist bekannt, daß man ursprünglich die Eier, ehe man sie zum Mund führte, am runden Ende abkappte. Doch der Großvater Seiner Majestät, der als Knabe ein Ei nach der alten Weise öffnete, hatte dabei das Unglück, sich in den Finger zu schneiden. Deshalb erließ sein königlicher Vater ein Edikt, in dem allen Untertanen bei schweren Strafen befohlen wurde, ihre Eier am spitzen Ende zu öffnen. Das Volk empörte sich gegen dieses Gesetz dermaßen, daß in der Folge sechs Revolutionen ausbrachen, ein König sein Leben und ein anderer den Thron verlor.
Diese inneren Unruhen wurden durch den König von Blefuscu noch geschürt, indem er den Verbannten in seinem Land Zuflucht bot. Ungefähr elftausend Menschen haben es vorgezogen, den Tod zu erleiden, statt sich zwingen zu lassen, die Eier am spitzen Ende zu öffnen. Während dieser Unruhen machten uns die Könige von Blefuscu wiederholt den Vorwurf der religiösen Irrlehre. Sie behaupteten, wir hätten gegen die Lehre unseres großen Propheten Lustrog im vierundfünfzigsten Kapitel des *Brundecral* – unseres Koran – verstoßen. Dies scheint aber eine Verdrehung des Textes zu sein, denn dort steht geschrieben: ›*Alle Rechtgläubigen öffnen ihre Eier am passenden Ende.*‹ Welches das passende Ende ist, muß meiner Meinung nach dem Gewissen des einzelnen überlassen oder der Entscheidung des höchsten Machthabers anheimgestellt werden.
Nun hatten aber die Verbannten der Rundenden am blefuscudischen Hof solchen Einfluß erlangt und soviel Unterstützung von den heimatlichen Parteianhängern erhalten, daß es zwischen den beiden Reichen zum offenen Bruch kam. Ein blutiger Krieg, der sechsunddreißig Monate mit wechselndem Glück geführt wurde, war die Folge. Wir haben während dieser Zeit vierzig unserer größten Schiffe und eine noch größere Zahl kleinerer Boote sowie drei-

ßigtausend unserer besten Seeleute und Soldaten eingebüßt; der Verlust des Feindes ist noch um einiges höher. Nun hat er eine starke Flotte ausgerüstet, und wir sehen uns durch eine Landung an unserer eigenen Küste bedroht. Seine königliche Majestät, voll Vertrauen auf Ihre Tapferkeit und Stärke, hat mich beauftragt, Ihnen diese Mitteilungen über den gegenwärtigen Stand unserer Angelegenheiten zu überbringen.«
Ich ersuchte den Sekretär, dem König zu melden, daß ich mich als Fremder nicht für befugt halte, mich in Parteisachen zu mischen; aber ich sei bereit, seine Person und sein Reich gegen jeden Angriff zu verteidigen, sollte es auch mein Leben kosten.

5

Nordöstlich der Insel Liliput, nur durch eine achthundert Meter breite Meerenge getrennt, liegt das Reich Blefuscu. Ich hatte es noch nicht gesehen, und als ich von der bevorstehenden Landung hörte, vermied ich, mich auf jener Seite der Insel zu zeigen, um nicht von feindlichen Schiffen gesehen zu werden. Da während des Krieges aller Verkehr zwischen den Inseln gesperrt war und der König alle Schiffe mit einem Auslaufverbot belegt hatte, konnten die Feinde noch nichts von mir gehört haben. Ich unterbreitete dem König einen Plan, dem zufolge ich die gesamte feindliche Flotte zu erobern gedachte, die nach den Berichten unserer Spione auf der Reede vor Anker lag, um mit dem ersten günstigen Wind abzufahren.
Ich befragte die erfahrensten Seeleute über die Tiefe der Meerenge, die sie oft mit dem Senkblei ausgelotet hatten. Sie versicherten, bei hohem Wasser betrage die Tiefe in der Mitte fünfzig *glumgluffs*, das sind etwa zwei Meter. Die übrigen Teile aber hätten höchstens fünfzig *glumguffs*. Ich begab mich nun an die nordöstliche Küste, wo ich, hinter einer Anhöhe versteckt, mein kleines Fernrohr hervorzog und so die ganze feindliche Flotte vor Anker liegen sah. Ich zählte etwa fünfzig Kriegsschiffe und zahlreiche Frachtschiffe. Dann ging ich zu meinem Haus zurück und gab Be-

fehl, mir eine große Menge der stärksten Taue und Eisenstangen zu liefern. Die Taue waren so dick wie Bindfäden und die Eisenstangen von der Länge und dem Umfang einer Stricknadel. Zur Sicherheit nahm ich die Taue dreifach und drehte immer drei der eisernen Stangen zusammen, deren Enden ich zu einem Haken umbog. Nachdem ich fünfzig solcher Haken an ebenso vielen Tauen befestigt hatte, ging ich wieder an die nordöstliche Küste, warf Rock, Schuhe und Strümpfe ab und sprang, nur mit meinem ledernen Wams bekleidet, in die See, ungefähr eine halbe Stunde vor Beginn der Flut. Ich watete, so schnell ich konnte, durch das Wasser und mußte in der Mitte etwa dreißig Schritt weit schwimmen, ehe ich wieder Grund fühlte.

In weniger als einer halben Stunde war ich bei der feindlichen Flotte angelangt. Als mich die Leute erblickten, überfiel sie ein solcher Schrecken, daß sie Hals über Kopf von den Schiffen sprangen und ans Ufer schwammen, wo bald wenigstens dreißigtausend beisammen waren. Nun steckte ich in den Bug jedes Schiffes einen Haken und band die fünfzig Taue am Ende zusammen. Während ich damit beschäftigt war, schossen die Feinde viele tausend Pfeile auf mich ab, die mir heftige Schmerzen verursachten und mich auch bei meiner Arbeit störten. Besonders war ich um meine Augen besorgt, die leicht verletzt werden konnten. Da fiel mir plötzlich etwas ein: Ich trug ja in der verborgenen Tasche eine Brille bei mir, die der Aufmerksamkeit meiner Bewacher entgangen war. Jetzt holte ich sie heraus und setzte sie so fest wie möglich auf meine Nase. So bewaffnet schritt ich rüstig ans Werk und kümmerte mich nicht weiter um die feindlichen Pfeile, die gegen die Gläser schlugen, ohne jedoch Schaden anzurichten. Ich befestigte ruhig alle meine Haken, nahm dann den Knoten in die Hand und zog an. Aber kein Schiff wich von der Stelle; sie wurden von ihren Ankern doch zu fest gehalten. Ich ließ die Taue los, ergriff mein Messer und schnitt entschlossen die Ankertaue durch. Dann nahm ich das zusammengebundene Ende der Taue wieder in die Hand und zog nun mit Leichtigkeit fünfzig der größten feindlichen Kriegsschiffe hinter mir her.

Die Blefuscuden, die von meinem Vorhaben bisher nicht die richtige Vorstellung gehabt hatten, waren anfangs vor Bestürzung wie betäubt. Sie hatten, als sie mich die Ankertaue durchschneiden sahen, gemeint, ich wollte ihre Flotte den Wellen überlassen, um sie so zu zerstören. Als sie nun aber die ganze Flotte in schönster Ordnung mir nachziehen sahen, ertönte ein Schrei der Verzweiflung. Nachdem ich außer Schußweite war, hielt ich eine Weile an, um die Pfeile herauszuziehen, die in meinen Händen und im Gesicht steckten; zugleich rieb ich ein wenig von der Salbe ein, die ich als so heilsam kennengelernt hatte. Ich nahm meine Brille ab, wartete noch etwa eine Stunde auf das Sinken der Flut und watete dann mit den erbeuteten Schiffen zurück, bis ich glücklich im Hafen von Liliput anlangte.

Der König und sein ganzer Hof standen am Ufer und erwarteten den Ausgang des großen Unternehmens. Sie sahen die Schiffe sich in einem Halbkreis heranbewegen, konnten mich aber nicht recht erkennen, da ich bis zum Hals im Wasser war. Der König glaubte schon, ich sei ertrunken und die feindliche Flotte nahe in bedrohlicher Absicht; doch er wurde rasch von seiner Angst erlöst: Da das Meer bei jedem weiteren Schritt seichter wurde, tauchte bald mein Oberkörper aus dem Wasser auf. Ich hob das Ende der Taue, an denen ich die Schiffe zog, hoch in die Luft und schrie mit lauter Stimme: »Lang lebe der König von Liliput!« Der Fürst empfing mich auf die gnädigste Weise und beschämte mich fast durch sein Lob. Er machte mich auf der Stelle zum *Nardac,* in Liliput der höchste Ehrentitel.

Dann äußerte er das Verlangen, ich solle mein Wagestück noch einmal wiederholen, um auch den Rest der feindlichen Schiffe einzubringen. So unersättlich war der Ehrgeiz des Fürsten, daß er nichts Geringeres im Sinn hatte, als Blefuscu zu einer Provinz seines Reiches zu machen und durch einen Statthalter verwalten zu lassen. Die dort wohnenden Rundender wollte er vernichten lassen, um das restliche Volk mit Gewalt zum Spitzeidogma zu bekehren. Kurzum, er wollte sich zum Alleinherrscher der Welt machen.

Ich bemühte mich, ihn sowohl mit Argumenten der Politik wie der Gerechtigkeit von seinem Vorhaben abzubringen. Ja, ich erklärte offen, daß ich mich nicht als Werkzeug gebrauchen ließe, um ein freies Volk in Sklaverei zu stürzen.

Der König konnte mir diese offene Erklärung, die seine Pläne durchkreuzte, niemals verzeihen. Er äußerte im Staatsrat seinen Verdruß über meine Kühnheit. Wie mir hinterbracht wurde, schienen nur einige der Weisesten durch ihr Stillschweigen mein Benehmen zu billigen. Von dieser Zeit an entspann sich zwischen Seiner Majestät und einer üblen Clique von Ministern eine geheime Verschwörung, die für mich beinahe die gefährlichste Wendung genommen hätte.

Etwa drei Wochen nach diesem Ereignis kam aus Blefuscu eine feierliche Delegation, die dem König die vorteilhaftesten Friedensangebote machte. Der Friede wurde auch bald geschlossen. Es waren sechs Gesandte mit einem Gefolge von wenigstens fünfhundert Personen. Ihr Einzug gestaltete sich höchst prächtig und der Größe ihres Herrn sowie der Wichtigkeit ihrer Sendung angemessen. Als der Vertrag zustande gekommen war, statteten sie mir, da sie unter der Hand erfahren hatten, welchen Freundesdienst ich ihnen erwiesen hatte, einen förmlichen Besuch ab. Die Exzellenzen begannen mit vielen Komplimenten über meine Tapferkeit und meinen Edelmut, überbrachten mir eine Einladung ihres Königs und baten endlich, einige Proben meiner ungeheuren Stärke zu sehen, von der sie soviel gehört hatten.

Nachdem ich die Exzellenzen zu ihrer großen Befriedigung und Verwunderung eine Weile unterhalten hatte, ersuchte ich sie, ihrem König zu melden, daß ich beabsichtige, ihm vor meiner Rückkehr in mein Vaterland meine Aufwartung zu machen. Ich verfehlte auch nicht, als ich wieder Gelegenheit hatte, mich unserem Herrscher zu nähern, mir seine Genehmigung zum Besuch des blefuscudischen Hofes zu erbitten. Er erteilte sie mir mit auffallender Kälte. Ich konnte den Grund hierfür nicht erraten, bis mir zugeflüstert wurde, Flimnax und Bologolam hätten meine Unterredung mit den Gesandten als Zeichen verdächtiger Gesinnung ausgelegt, obgleich mir jeder Gedanke an Untreue vollkommen fern lag. Seit dieser Zeit habe ich meine eigene Meinung über Höfe und Minister.

Ich muß noch bemerken, daß meine Unterredung mit den Gesandten durch einen Dolmetsch geführt wurde. Die Sprachen beider Reiche sind nämlich ebenso verschieden wie nur irgend zwei Sprachen in Europa, und jede Nation ist stolz auf das Alter und die Schönheit der ihren, während sie gegen die des Nachbarvolkes entschiedene Verachtung an den Tag legt. Übrigens hatte unser König, im Bewußtsein des Vorteils, den er durch die Entführung der feindlichen Flotte erlangt hatte, darauf bestanden, daß die Beglaubigungsschreiben der Gesandten in liliputanischer Sprache überreicht würden. Auch bei der Audienz hatten sie sich zur liliputanischen Sprache bequemen müssen, die sie mit ziemlicher Geläufigkeit sprachen. Bei dem lebhaften Verkehr zwischen den beiden Reichen, der gegenseitigen Aufnahme von Verbannten, die stets in dem anderen Reich Zuflucht fanden, und bei der allgemein herrschenden Mode, junge Leute von Stand in das fremde Reich zu schicken, um Welt- und Menschenkenntnis zu erwerben, findet man in den höheren Kreisen sowie in der handeltreibenden Klasse und unter den Seeleuten nur wenige Personen, die nicht beide Sprachen beherrschen. Ich überzeugte mich einige Wochen später davon, als ich hinüberging, um dem König von Blefuscu meine Aufwartung zu machen.

Unter den Bedingungen, die ich unterschreiben mußte, ehe ich meine Freiheit erhielt, waren mehrere sehr demütigende. Jetzt, da ich *Nardac* des Reiches war, konnte von solchen Diensten keine Rede mehr sein.

Indessen hatte ich Gelegenheit, Seiner Majestät einen, wie ich mir einbildete, großen Dienst zu erweisen. So wurde ich einmal plötzlich um Mitternacht durch das Geschrei vieler hundert Menschen aufgeschreckt, die vor meiner Tür zusammengelaufen waren. Ich hörte immer wieder das Wort *burglum*. Dann drängten sich einige Beamte des Hofes durch die Menge zu mir und baten mich, unverzüglich zum Palast zu kommen. In den Gemächern Ihrer Majestät der Königin sei durch Unvorsichtigkeit einer Hofdame, die über der Lektüre eines Romans eingeschlafen sei, Feuer ausgebrochen. Ich machte mich sofort auf den Weg, und da man Befehl gegeben hatte, die Straße vor mir zu räumen, und es überdies eine mond-

helle Nacht war, gelangte ich, ohne einen von den Leuten zu zertreten, rasch zum Palast.
Man hatte bereits Leitern an die Palastmauern gelegt und sich mit Löscheimern versehen. Doch die Wasserstelle war weit entfernt, und die Eimer waren so groß wie ein Fingerhut. Die armen Leute reichten sie mir zu, so schnell sie konnten, aber das Feuer war so heftig, daß ich nur wenig ausrichtete. Ich hätte den Brand leicht mit meinem Rock ersticken können, aber unglücklicherweise hatte ich ihn zurückgelassen und war nur mit meinem Lederwams bekleidet. Die Lage schien vollkommen hoffnungslos, wenn ich nicht mit einer mir sonst ungewöhnlichen Geistesgegenwart plötzlich auf einen Ausweg verfallen wäre. Ich hatte am Abend vorher viel von einem köstlichen Wein getrunken, der sehr harntreibend wirkt. Zum Glück hatte ich mich noch um nichts davon erleichtert. Die Hitze, der ich mich aussetzte, da ich nahe an die Flammen trat und sie zu löschen suchte, bewirkte, daß mich der Wein plötzlich quälte. Ich entledigte mich seiner in großer Menge und richtete den Strahl geschickt auf die gefährlichsten Brandstellen. So war die Feuersbrunst in drei Minuten gelöscht, und der schöne Palast, dessen Bau viele Generationen gedauert hatte, blieb vor gänzlicher Zerstörung bewahrt.
Inzwischen war es Tag geworden, und ich kehrte nach Hause zurück, ohne vorher dem König meinen Glückwunsch auszusprechen. Wenn ich ihm auch einen großen Dienst erwiesen hatte, so war ich mir nicht darüber im klaren, wie er sich zu meiner Methode stellen würde. Nach einem grundlegenden Reichsgesetz gilt es nämlich für jeden, ohne Ansehen der Person, als Kapitalverbrechen, innerhalb des Palastes Wasser zu lassen. Ich war indessen beruhigt, als mich Seine Majestät wissen ließ, er habe den Justizminister beauftragt, mir in aller Form seine Verzeihung beurkunden zu lassen. Ich habe dieses Papier allerdings nie erhalten. Im Vertrauen teilte man mir mit, die Königin sei über meine Tat im höchsten Maße empört und habe sich in die entferntesten Gemächer des Palastes zurückgezogen. Sie sei fest entschlossen, die beschädigten Räume nicht mehr für ihre Zwecke herrichten zu lassen, und habe mir im Kreise ihrer Vertrauten Rache geschworen.

6

Es gibt in diesem Land einige sehr sonderbare Bräuche und Gesetze. Als erstes will ich ein Gesetz gegen Denunzianten nennen. Alle Vergehen gegen den Staat werden mit außerordentlicher Strenge bestraft. Ist der Angeklagte aber in der Lage, vor Gericht seine Unschuld in allen Punkten zu beweisen, so verfällt der Verleumder ohne weiteres einem schimpflichen Tod. Aus seinem Hab und Gut wird der unschuldig Verfolgte vierfach entschädigt, nämlich für seine verlorene Zeit, für die Gefahr, in der er schwebte, für die Mühsal der Haft und für alle durch die Verteidigung erwachsenen Kosten. Reichen die zur Verfügung stehenden Mittel nicht aus, so kommt die Krone für die fehlenden Beträge auf. Der König selbst läßt ihm entsprechende Gnadenbeweise zukommen, und seine Unschuld wird in der Hauptstadt durch eine Proklamation bekanntgegeben.

Betrug ist in den Augen der Leute ein größeres Verbrechen als Diebstahl und wird deshalb in den meisten Fällen mit dem Tod bestraft. Man ist nämlich der Ansicht, man könne mit der nötigen Sorgfalt und Wachsamkeit und etwas gesundem Menschenverstand sein Eigentum vor Diebstahl bewahren, aber ein ehrenhafter Mann sei nicht in der Lage, sich gegen die überlegene Hinterlist eines Betrügers zu schützen. Bei Handels- und Kreditgeschäften sei der ehrliche Mann stets der unterlegene, und der Gauner finde seinen Vorteil, wenn Betrug mit Nachsicht behandelt werde und die Gesetze keine strenge Bestrafung vorsehen.

Belohnung und Strafe sind zwar in jeder Verfassung zwei wichtige Grundsätze, aber ich kenne kein Land, in dem diese Maximen so praktiziert werden wie in Liliput. Jeder, der den Nachweis erbringt, daß er die Landesgesetze dreiundsiebzig Monate lang streng befolgt hat, kann auf bestimmte, seinem Stand und seinen Lebensverhältnissen entsprechende Vorrechte und auf eine Geldprämie Anspruch erheben. Ferner erhält er den Titel *Snillpall* oder *Legal,* den er seinem Namen hinzufügen, nicht aber seinen Nachkommen vererben darf. Diese Leute halten es für einen besonderen Mangel unserer Gesetzgebung, daß sie nur auf Bestrafung, nicht aber auf

Belohnung aufgebaut ist. Aus diesem Grund hat die Statue der Gerechtigkeit in ihren Gerichtsgebäuden sechs Augen, vorn und hinten je zwei und eines an jeder Seite, um damit die Umsicht zu versinnbildlichen. In der rechten Hand hält sie einen Beutel voll Gold, in der linken ein Schwert, um anzudeuten, daß sie lieber belohnt als bestraft.

Bei der Besetzung der Ämter nehmen sie mehr Rücksicht auf einwandfreie Sitten als auf besondere Befähigung. Denn, so schließen sie, da die Regierung eine notwendige Einrichtung ist, würde auch der gewöhnliche gesunde Menschenverstand für einen Regierungsposten ausreichen. Es könne nicht im Plan der Vorsehung gelegen sein, die Verwaltung der öffentlichen Angelegenheiten zu einem Mysterium zu machen, das nur einige Bevorzugte begreifen. Ehrlichkeit, Gerechtigkeit und Mäßigkeit dagegen stünden in jedermanns Macht, und diese Tugenden, unterstützt durch Erfahrung und guten Willen, befähigten jeden, seinem Vaterland zu dienen. Dagegen ist man in Liliput der Meinung, daß sittliche Mängel keineswegs durch besondere geistige Fähigkeiten aufgewogen werden; denn die Fehltritte eines rechtschaffenen Mannes könnten dem Gemeinwohl nie so nachteilig sein wie die Umtriebe eines talentvollen Bösewichtes.

Da sich die Könige für die Stellvertreter göttlicher Vorsehung auf Erden erklären, ist jeder, der nicht an eine göttliche Vorsehung glaubt, unfähig für ein öffentliches Amt. Denn nichts wäre für einen Fürsten unmöglicher, als Leute anzustellen, die die Macht leugnen, von der er selbst sein Ansehen ableitet.

Undankbarkeit gilt als ein schweres Verbrechen. Begründet wird dies damit, daß derjenige, der sich seinem Wohltäter undankbar erweist, ein Feind der übrigen Menschheit sein muß, von der er keinen Vorteil erhalten hat.

Die Begriffe von den Pflichten zwischen Eltern und Kindern sind in Liliput von den unsrigen durchaus verschieden. Die Leute sind der Meinung, man dürfe die Eltern nicht mit der Erziehung der Kinder betrauen. Aus diesem Grund unterhalten sie in jeder Stadt öffentliche Kinderheime, in die alle Eltern ihre Kinder schicken, damit sie dort aufgezogen und unterrichtet werden. Das geschieht, sobald die Kinder ein Alter von zwanzig Monaten erreicht haben, denn man nimmt an, daß sie dann bereits in der Lage sind zu lernen. Die Schulen sind nach Geschlecht und Veranlagung der Kinder verschieden eingerichtet. Erfahrene Lehrer erziehen die Kinder entsprechend dem Stand ihrer Eltern sowie nach ihren Neigungen und Begabungen.

Die Führung meines Haushalts so wie meine Lebensweise in diesem Land während der neun Monate und dreizehn Tage, die ich dort verbrachte, waren einfach. Ich hatte mir selbst aus den größten Bäumen des königlichen Parks einen Tisch und einen Stuhl recht geschickt zusammengezimmert. Zweihundert Näherinnen arbeiteten, um mir Hemden, Tisch- und Bettzeug anzufertigen, alles von der stärksten und gröbsten Sorte, die sie auftreiben konnten. Dennoch waren sie genötigt, das Leinen mehrmals zusammenzulegen und aufeinanderzunähen, da es feiner war als die dünnste Seide. Als mir die Näherinnen Maß nahmen, mußte ich mich auf die Erde legen. Dann stellte sich eine auf meinen Hals, eine andere auf mein Knie, jede das Ende eines ausgespannten starken Seiles in der Hand, während eine dritte die Länge dieses Seiles mit einem zweieinhalb Zentimeter langen Meßband maß. Hierauf maßen sie noch meinen rechten Daumen; das genügte, denn durch mathematische Berechnung wußten sie nun meine Maße richtig zu treffen. Ferner waren dreihundert Schneider beschäftigt, mich mit Kleidern zu versehen. Die Schneider wandten ein anderes Verfahren an, um mir Maß zu nehmen. Ich mußte niederknien, und sie lehnten eine Leiter an meinen Hals. Einer stieg hinauf und ließ von meinem Halskragen ein Bleilot auf die Erde hinab, das genau die Länge meines Rockes angab. Arme und Leib maß ich dann selbst. Die fertigen Kleider sahen aus wie Mosaikarbeit, da sie aus vielen kleinen Tuchstücken zusammengesetzt worden waren.

Ich beschäftigte dreihundert Köche, die mir meine Speisen kochten. Sie wohnten mit ihren Familien in kleinen, bequemen Zelten in unmittelbarer Nähe meines Hauses. Wenn ich mich zum Essen setzte, nahm ich zwanzig Kellner in die Hand und setzte sie auf meinen Tisch. Hundert andere hatten die Bedienung unten auf der Erde. Die einen trugen Schüsseln, die anderen wälzten Fässer mit

Wein herbei. Sobald ich winkte, wurden Schüsseln und Fässer mittels einer sinnreichen Vorrichtung mit Tauen in die Höhe gezogen, etwa wie wir in Europa einen Eimer in einem Ziehbrunnen hochziehen. Eine solche Schüssel war immer ein guter Mundvoll und ein Faß ein ganz ordentlicher Schluck. Das Rindfleisch war dortzulande vortrefflich. Ich bekam einmal eine Rindskeule, die so groß war, daß ich sie in drei Bissen zu mir nehmen mußte. Aber dies war eine Seltenheit. Meine Diener konnten ihr Erstaunen nicht verbergen, mich alles ohne Umstände samt Knochen essen zu sehen. Gänse und Truthähne steckte ich immer auf einmal in den Mund, und ich muß sagen, daß sie die unseren an Qualität weit übertreffen. Von ihrem kleineren Geflügel konnte ich zwanzig bis dreißig auf meine Gabelspitze nehmen.

Der König, der sich nach meiner Lebensweise erkundigt hatte, äußerte eines Tages den Wunsch, in Begleitung seiner Gemahlin und der jungen Prinzen und Prinzessinnen mit mir zu dinieren. Die Herrschaften erschienen auch wirklich, und ich setzte sie in ihren Thronsesseln auf meinen Tisch, mir gerade gegenüber, mit ihren Leibgarden in einiger Entfernung. Flimnax, der Finanzminister, war gleichfalls zugegen, und ich konnte sehen, wie er oft mit einem recht sauren Gesicht zu mir herüberblickte. Ich tat aber, als ob ich es nicht bemerke, und aß diesmal mehr als gewöhnlich, um den Hof recht in Erstaunen zu versetzen.

7

Bevor ich die Geschichte meiner Flucht aus Liliput erzähle, will ich noch von einer neuen Verschwörung berichten, die schon seit zwei Monaten gegen mich im Gange war.

Ich war gerade mit den Vorbereitungen beschäftigt, dem König von Blefuscu meine Aufwartung zu machen, da erschien eine einflußreiche Persönlichkeit vom Hof bei mir. Ich war dem Mann zu einer Zeit gefällig gewesen, als er bei Seiner Majestät in Ungnade gefallen war. Nun besuchte er mich heimlich bei Nacht in einer geschlossenen Sänfte und bat, ohne seinen Namen zu nennen, um eine Unterredung. Die Sänftenträger wurden entlassen, und ich steckte die Sänfte und Seine Lordschaft darin in meine Rocktasche. Dann gab ich einem zuverlässigen Diener die Weisung, nicht mehr zu stören, da ich mich nicht wohl fühle und mich zur Ruhe begeben wolle. Ich verriegelte meine Haustür, setzte die Sänfte auf den Tisch und mich davor.

Nach der üblichen Begrüßung bemerkte ich den sorgenvollen Blick meines Freundes. Auf meine Frage bat er mich, ihn geduldig anzuhören, denn meine Ehre und mein Leben stünden auf dem Spiel.

»Sie müssen wissen«, sagte er, »daß in der letzten Zeit mehrere geheime Kabinettssitzungen Ihretwegen abgehalten wurden und daß vor zwei Tagen Seine Majestät einen Entschluß gefaßt hat. Es wird Ihnen nicht entgangen sein, daß sich Skyresh Bologolam, der Großadmiral, seit dem Tag Ihrer Ankunft als Ihr erbittertster Feind benahm. Die Gründe seines Hasses sind mir unbekannt. Dieser Haß wurde jedoch durch Ihr ruhmreiches Unternehmen gegen Blefuscu noch vermehrt, da dies seinen eigenen Ruhm als Seeheld in den Schatten stellte. Der Großadmiral hat nun zusammen mit Flimnax, dem Finanzminister, und einigen anderen Würdenträgern eine Anklageschrift wegen Hochverrates und anderer Kapitalverbrechen gegen Sie vorbereitet. Hier ist sie!«

ANKLAGE GEGEN QUINBUS FLESTRIN DEN MENSCHENBERG

1. Laut einem unter dem seligen König Calin Deffar Plune erlassenen Edikt wird verfügt, daß sich jeder, der sich erlaubt, innerhalb der Ringmauern des königlichen Schlosses Wasser zu lassen, des Hochverrates schuldig macht. Quinbus Flestrin hat in offener Übertretung besagten Gesetzes unter dem Vorwand, das Feuer im Zimmer Ihrer Majestät, der königlichen Gemahlin, unserer allergnädigsten Herrin, zu löschen, gegen dieses Edikt verstoßen.
2. Nachdem Quinbus Flestrin die blefuscudische Flotte in den königlichen Hafen eingebracht hatte, bekam er den Auftrag, sich auch der übrigen Schiffe des Königs von Blefuscu zu bemächtigen

und dessen Reich zu einer Provinz zu machen sowie sämtliche Rundender-Flüchtlinge und jene blefuscudischen Untertanen, die sich beharrlich weigerten, der verderblichen Irrlehre zu entsagen, dem verdienten Tod auszuliefern. Flestrin hat sich jedoch in offener Widersetzlichkeit gegen Seine Majestät geweigert, den ihm gegebenen Auftrag auszuführen unter dem Vorwand, er trage Bedenken, ein unschuldiges Volk in die Sklaverei zu stürzen.

3. Flestrin hat den Gesandten, die von Blefuscu als Friedensunterhändler an Seiner Majestät Hof kamen, jede Art von Vorschub geleistet und sich einer verdächtigen Vertraulichkeit mit diesen schuldig gemacht, obgleich ihm nicht unbekannt war, daß diese im Dienst eines Fürsten standen, der erst kürzlich ein Feind Seiner Majestät gewesen und im Krieg gegen Liliput gestanden war.

4. Flestrin, alle Pflichten eines treuen Untertanen vergessend, ist eben jetzt im Begriff, sich an den Hof von Blefuscu zu begeben, wozu er sich eine mündliche Erlaubnis Seiner Majestät zu verschaffen wußte. Seine falsche und verräterische Absicht dabei ist, als Überläufer dem blefuscudischen Monarchen seine Dienste anzutragen.

Nachdem ich diese Anklageschrift gelesen hatte, fuhr mein Besucher fort:

»Der König hat während der Verhandlungen wiederholt Beweise seiner edlen Gesinnung an den Tag gelegt und, in Anbetracht früherer Dienste, Ihre Verbrechen in einem milderen Licht zu betrachten versucht. Der Finanzminister und der Admiral aber bestanden auf der schmählichsten Todesstrafe: Sie schlugen vor, Ihr Haus nachts in Brand zu stecken, das von zwanzigtausend Mann umzingelt werden sollte, um vergiftete Pfeile in Ihr Gesicht und auf Ihre Hände zu schießen. Mehrere Ihrer Bedienten sollten geheimen Befehl erhalten, einen giftigen Saft auf Ihre Hemden und Bettücher zu gießen, wodurch Sie unter grimmigsten Schmerzen qualvoll enden würden. Auch der General stimmte dem Plan zu, so daß eine entscheidende Majorität gegen Sie war. Aber Seine Majestät erklärte entschieden, Ihr Leben schonen zu wollen.

Zum Schluß wurde Ihr Freund Redresal, der Geheime Staatsse-

kretär, der sich Ihnen stets wohlgesonnen erwiesen hat, vom König aufgefordert, seinen Standpunkt mitzuteilen. Dies tat er und rechtfertigte durchaus die gute Meinung, die Sie von ihm haben. Er gab zu, Ihre Vergehen seien zwar schwer, aber das schließe nicht aus, daß Seine Majestät Milde walten lasse. Er sagte, seine Freundschaft mit Ihnen sei so bekannt, daß die Versammlung ihn vielleicht der Parteilichkeit bezichtigen würde; dennoch werde er offen seine Meinung vortragen. Wenn Seine Majestät in Anbetracht Ihrer früheren Verdienste großmütig geruhen wolle, Ihr Leben zu schonen, und nur Befehl erteile, Ihnen beide Augen auszustechen, so würde durch dieses einfache Mittel teils der Gerechtigkeit Genüge getan, teils aber auch die Milde unseres königlichen Herrschers und aller seiner Ratgeber bewiesen. Der Verlust Ihrer Augen werde Ihre Körperkraft nicht mindern, und Sie könnten Seiner Majestät noch von großem Nutzen sein. Blindheit vermehre den Mut, da sie die Gefahren verberge. Es genüge, wenn Sie mit den Augen der Minister sähen, denn der große Fürst mache es nicht anders.
Dieser Vorschlag wurde von der ganzen Versammlung mit größter Mißbilligung aufgenommen. Bologolam, der Admiral, konnte seinen Ärger nicht verbergen, stand wütend auf und sagte, er wundere sich, wie jemand es wagen könne, für das Leben eines Verräters seine Stimme laut werden zu lassen. Sie seien in der Tiefe Ihres Herzens ein schlechter Mensch. Verrat beginne im Herzen, ehe er sich in Handlungen äußere. Deshalb erhebe er Anklage gegen Sie wegen Verrats und bestehe darauf, daß Sie zum Tod verurteilt würden. Wenn Seine Majestät und die über Sie zu Gericht sitzende Versammlung im Innersten von Ihrer Schuld überzeugt seien, genüge dies vollkommen, Sie zum Tod zu verurteilen, wenn auch nach dem Buchstaben des Gesetzes ein förmlicher Beweis nicht erbracht worden sei.
Seine Majestät hatte sich indes entschlossen, auf die Todesstrafe zu verzichten. Da die Kommission den Verlust des Augenlichtes als eine zu geringe Strafe ansehe, werde man später zu einem anderen Beschluß zu kommen versuchen. Ihr Freund, der Staatssekretär, bat noch einmal um Gehör und schlug vor, Ihre Lebensmittelzuteilungen von Tag zu Tag zu verringern. So würden Sie infolge der

Unterernährung schwach und schwächer werden und in einigen Monaten schließlich an Entkräftung zugrunde gehen.
So wurde durch die große Freundschaft des Staatssekretärs ein Ausweg gefunden. Der Plan Ihres Hungertodes sollte streng geheimgehalten werden, aber der Beschluß, Ihnen die Augen auszustechen, wurde zu Protokoll genommen.
In drei Tagen soll Ihr Freund, der Staatssekretär, Sie aufsuchen, um Ihnen die Anklageschrift vorzulesen. Gleichzeitig ist er beauftragt, Ihnen das gnädige Urteil Seiner Majestät und der Versammlung mitzuteilen, nach dem Sie nur Ihr Augenlicht verlieren sollen. Seine Majestät ist überzeugt, daß Sie sich dankbar und demütig dieser Strafe unterziehen werden. Zwanzig königliche Leibärzte sind angewiesen, auf die sachgemäße Durchführung der Operation zu achten. Dabei sollen, während Sie auf dem Erdboden liegen, besonders geschärfte Pfeile in ihre Augäpfel geschossen werden. Welche Maßnahmen Sie dagegen zu ergreifen gedenken, muß ich Ihrem Scharfsinn überlassen. Ich selbst muß Sie, um jeden Verdacht zu vermeiden, ebenso unauffällig wieder verlassen.«
Er verabschiedete sich, und ich blieb mit meinen zwiespältigen Gedanken allein.
Unter dem regierenden König und seinem Ministerium war es zur Gewohnheit geworden, daß der Monarch jedesmal, wenn man sich über eine Exekution endlich geeinigt hatte, an den versammelten Rat eine feierliche Rede hielt. Der Wortlaut dieser Rede wurde dann im ganzen Reich bekanntgegeben. Die Anpreisungen der königlichen Gnade verfehlten nie, allgemeinen Schrecken zu verbreiten. Man hatte nämlich bemerkt, daß, je länger die Rede war und je pomphafter die Versicherungen seiner landesväterlichen Milde klangen, desto unmenschlicher war die Strafe, desto schuldloser der Verurteilte. Ich für meine Person, der ich nun einmal nicht zum Höfling geboren bin, muß aufrichtig gestehen, daß ich die große Milde und Gnade auch diesmal nicht sehen konnte und mehr Strenge als Freundschaft zu erkennen meinte.
Zuerst dachte ich daran, die Anklage abzuwarten. Wenn ich auch die Vergehen, deren ich beschuldigt wurde, nicht leugnen konnte, so ließen sie sich doch, meiner Meinung nach, einigermaßen ent-

schuldigen. Ich habe jedoch in meinem Leben schon viele Staatsprozesse verfolgt und nie gefunden, daß sie eine andere Wendung genommen hätten als die, welche die Richter ihnen geben wollten. Daher verging mir unter so kritischen Umständen die Lust, es gegen so mächtige Feinde darauf ankommen zu lassen. Dann wieder war ich fest entschlossen, mich gewaltsam zu widersetzen, denn solange ich in Freiheit war, konnte mir selbst die vollzählige Streitmacht des Reiches schwerlich etwas anhaben; ich vermochte ja doch die ganze Hauptstadt mit ein paar Steinwürfen zu vernichten. Aber auch diesen Plan verwarf ich wieder, da ich an den Eid dachte, den ich dem König geleistet, und an den hohen Titel eines *Nardac,* den er mir verliehen hatte.

Endlich faßte ich den Entschluß, dem König von Blefuscu meine Aufwartung zu machen. Ich schickte meinem Freund, dem Staatssekretär, einen Brief und teilte darin mit, daß ich der erhaltenen Erlaubnis gemäß eine Spazierfahrt nach Blefuscu beabsichtige. Ohne eine Antwort abzuwarten, begab ich mich auf jene Seite der Insel, wo unsere Flotte lag. Ich bemächtigte mich eines großen Schlachtschiffes, band ein Tau an seinen Bug und lichtete den Anker. Dann zog ich mich aus und legte meine Kleider zusammen mit einer Bettdecke, die ich mitgebracht hatte, in das Schiff. Dieses zog ich dann hinter mir her und erreichte teils watend, teils schwimmend den Kriegshafen von Blefuscu.

Die Bevölkerung erwartete mich schon. Man stellte mir zwei Begleiter zur Verfügung, die mich zu der gleichnamigen Hauptstadt brachten. Ich trug die Männer in der Hand, bis wir auf zweihundert Meter an die Stadt herangekommen waren. Dann bat ich sie, einem Minister meine Ankunft anzuzeigen und ihm mitzuteilen, ich erwarte hier die Befehle Seiner Majestät.

Innerhalb einer Stunde erhielt ich den Bescheid, Seine Majestät komme in Begleitung der königlichen Familie und seines Gefolges zu meinem Empfang. Ich ging ihnen entgegen und hatte den königlichen Zug bald erreicht. Der König und sein Gefolge stiegen von ihren Pferden, und die Königin verließ mit ihren Damen die Kutsche. Dabei vermochte ich keinerlei Zeichen von Zurückhaltung oder gar Furcht zu erkennen. Ich legte mich auf den Boden und küßte Seiner Majestät und der Königin die Hand. Dann sagte ich dem König, ich sei, wie ich versprochen habe, und zwar mit Erlaubnis meines königlichen Herrn, gekommen. Es sei mir eine Ehre, einen so mächtigen Monarchen zu begrüßen und ihm meine Dienste anzubieten, soweit dies in meinen Kräften stehe und sich mit meinen Pflichten gegen meinen Fürsten vereinbaren lasse. Dabei erwähnte ich mit keinem Wort, daß ich in Ungnade gefallen war. Ich nahm auch nicht an, der liliputanische Herrscher werde das Geheimnis preisgeben, solange ich mich außerhalb seines Machtbereiches befand. Hierin hatte ich mich offenbar geirrt.

8

Drei Tage nach meiner Ankunft machte ich aus Neugierde einen Ausflug zur nordöstlichen Küste der Insel. In einer Entfernung von etwa einer halben Stunde erblickte ich etwas, das einem umgestürzten Boot glich. Ich zog Schuhe und Strümpfe aus und watete zwei- bis dreihundert Schritt durch das Wasser, um mich dem Gegenstand zu nähern, der mir durch die Flut entgegengetrieben wurde. Nun konnte ich deutlich erkennen, daß es wirklich ein gekentertes Boot war, das wahrscheinlich bei einem Sturm von einem Schiff losgerissen war. Ich kehrte eilends zur Stadt zurück und erbat mir vom König zwanzig der größten Schiffe, die ihm nach dem Verlust seiner Flotte noch geblieben waren, samt dreitausend Seeleuten. Die Flotte setzte sich in Bewegung und segelte zurück zur Küste, von wo aus ich das Boot entdeckt hatte. Die Flut hatte es noch näher getrieben. Die Seeleute hatten sich alle reichlich mit Tauwerk versehen, das ich vorher etliche Male übereinandergelegt und zusammengebunden hatte.

Als die Schiffe herangekommen waren, warf ich meine Kleider ab und watete durch das Wasser, bis ich dem Boot auf hundert Schritte nahe war. Dann mußte ich schwimmen, bis ich es erreichte. Die Seeleute warfen mir ein Tauende zu, das ich durch ein Loch im Bug des Bootes schlang; das andere Ende war an einem der Kriegsschiffe befestigt. Nun mußte ich das Boot schwimmend

weiterstoßen. Dabei kam mir die Ebbe zu Hilfe, so daß ich bald wieder Grund unter den Füßen fühlte. Ich ruhte zwei bis drei Minuten aus und gab dann dem Boot einen neuen Stoß. Dies wiederholte ich, bis mir das Wasser nur noch bis zur Brust ging. Der mühsamste Teil war geschafft. Ich nahm nun einige Taue, die ich in einem der Schiffe verpackt hatte, band sie erst an dem Boot, dann an neun der mitgebrachten Schiffe fest. Der Wind war günstig, und so brachten wir das Boot glücklich bis auf vierzig Schritt an die Küste heran. Nun wartete ich den Tiefpunkt der Ebbe ab, so daß ich trocken hinübergehen konnte. Mit Hilfe von zweitausend Mann, mit Tauen und Maschinen gelang es, das Boot umzudrehen. Es zeigte sich nun, daß es nur wenig beschädigt war.
Mit viel Mühe fertigte ich Ruder an, und nach einigen Tagen konnte ich mein Boot in den königlichen Hafen von Blefuscu bringen. Dort hatte sich eine große Volksmenge aufgestellt, als ich mit meinem Riesenfahrzeug eintraf. Dem König meldete ich, daß mir ein günstiges Geschick dieses Boot gesandt hätte, um mich zu einem Ort zu führen, von wo ich wieder in mein Vaterland gelangen könnte. Ich bat Seine Majestät um die nötigsten Hilfsmittel, das Boot flottzumachen, sowie um seine Erlaubnis zu meiner Abreise, die er mir mit freundschaftlichen Worten gewährte.
Ich hatte mich schon gewundert, daß sich der liliputanische Hof während dieser ganzen Zeit so ruhig verhielt. Später erfuhr ich jedoch, daß der König nicht die geringste Ahnung davon gehabt hatte, daß ich über seine Pläne unterrichtet worden sei. Er glaubte daher, ich wolle in Blefuscu nur einen Besuch machen und in einigen Tagen wieder zurückkehren. Endlich wurde der König wegen meiner langen Abwesenheit ängstlich und beratschlagte mit seinen Ministern. Schließlich wurde eine hochgestellte Persönlichkeit mit einer Abschrift der Anklage gegen mich abgeschickt. Dieser Gesandte hatte Anweisungen, dem König von Blefuscu die Milde seines Herrn auseinanderzusetzen, der sich damit begnügte, nur meine Augen ausstechen zu lassen. Doch ich sei der Gerechtigkeit entronnen; wenn ich mich nicht innerhalb zweier Stunden stelle, werde man mich meines Titels als *Nardac* berauben und für einen Landesverräter erklären. Ferner teilte der Gesandte mit, zur Auf-

rechterhaltung des friedlichen und freundschaftlichen Verhältnisses zwischen beiden Reichen erwarte sein Herr mit Zuversicht von seinem geliebten Vetter von Blefuscu, daß dieser sofort die nötigen Befehle geben werde, um mich, an Händen und Füßen gebunden, nach Liliput auszuliefern.
Der König von Blefuscu erbat sich drei Tage Bedenkzeit. Nach Ablauf der drei Tage erfolgte unter vielen Höflichkeiten und Entschuldigungen die Antwort: Die Forderung seines geliebten Vetters, mich an Händen und Füßen gebunden auszuliefern, sei leider unmöglich auszuführen. Übrigens würden beide Majestäten bald von mir nichts mehr zu befürchten haben. Ich hätte nämlich ein Riesenfahrzeug an der Küste aufgefunden und habe die Absicht, in nächster Zeit darin heimzukehren. Er habe schon Befehl gegeben, das Boot unter meiner Anweisung instand zu setzen, und hoffe sehr, in wenigen Wochen beide Reiche von einer so drückenden Last befreit zu sehen.
Mit dieser Antwort kehrte der Gesandte nach Liliput zurück. Der König von Blefuscu setzte mich von allem in Kenntnis. Zugleich bot er mir seine Hilfe an, im Falle ich in seinen Diensten bleiben wolle. Ich lehnte dieses Angebot höflichst ab. Da mir einmal ein gutes Geschick zu einem Fahrzeug verholfen habe, sei ich entschlossen, dieses zu benützen und mich lieber dem Ozean anzuvertrauen, als zwei so mächtigen Fürsten Anlaß zu Mißhelligkeiten zu geben. Der König von Blefuscu und fast alle seine Minister schienen über meinen Entschluß herzlich froh zu sein.
Dies bewog mich, meine Abreise noch mehr zu beschleunigen, als es eigentlich meine Absicht gewesen war. Der Hof, ungeduldig, mich loszuwerden, unterstützte mich bereitwillig. Ich belud mein Boot mit Proviant – hundert geschlachteten Ochsen und dreihundert Schafen sowie einem angemessenen Vorrat an Brot und Getränken und soviel fertiggekochten Speisen, wie vierhundert Köche zu liefern vermochten. Außerdem nahm ich noch sechs lebendige Kühe, zwei Stiere und ebenso viele Mutterschafe und Böcke mit. Diese wollte ich in mein Vaterland bringen, um die Rasse dort einzuführen. Zu ihrer Fütterung hatte ich Heu und einen Sack Korn an Bord. Gern hätte ich ein Dutzend der Eingeborenen ein-

gesteckt; aber dies wollte der König durchaus nicht gestatten. Meine Taschen wurden genau durchsucht, und außerdem mußte ich mich noch auf mein Ehrenwort verpflichten, keinen von seinen Untertanen mitzunehmen, auch nicht, wenn sie selbst es wünschten.

So trat ich am 24. September des Jahres 1701 um sechs Uhr morgens meine Reise an. Nachdem ich zwei Meilen nördlich gesegelt war, entdeckte ich um sechs Uhr abends am nordwestlichen Horizont eine kleine Insel. Ich fuhr auf sie zu und warf an der Leeseite der Insel, die mir unbewohnt schien, meinen Anker aus. Dann nahm ich einige Erfrischungen zu mir und legte mich zur Ruhe. Ich schlief wenigstens sechs Stunden lang, denn zwei Stunden nach meinem Erwachen ging die Sonne auf. Ich frühstückte und lichtete den Anker. Der Wind war günstig, und ich steuerte in die gleiche Richtung wie am Vortag, wobei ich mich nach meinem Taschenkompaß richtete.

Am folgenden Tag, etwa um drei Uhr nachmittags, ungefähr zwölf Seemeilen von Blefuscu entfernt, gewahrte ich ein Segel, das südöstlich steuerte. Mein Kurs war gerade östlich. Ich rief das Boot an, erhielt aber keine Antwort; doch nach einer halben Stunde wurde ich von dem Schiff gesehen. Es zeigte seine Flagge und feuerte einen Schuß ab. Ich kann die Freude nicht beschreiben, die ich empfand – die unerwartete Hoffnung, mein Vaterland und alle die Lieben wiederzusehen, die ich dort zurückgelassen hatte. Das Schiff drehte gegen den Wind, und ich erreichte es zwischen fünf und sechs Uhr abends. Mein Herz pochte vor Freude, als ich die englischen Farben sah. Ich steckte meine Kühe und Schafe in die Rocktaschen und ging mit meiner ganzen kleinen Ladung an Bord. Das Schiff, ein englischer Kauffahrer, war auf der Rückfahrt von Japan begriffen, der Kapitän, John Biddle, ein sehr freundlicher Mann und trefflicher Seefahrer. Wir waren etwa fünfzig Mann an Bord, unter denen ich auch einen alten Kameraden fand, einen gewissen Peter Williams, der mir bei dem Kapitän ein gutes Zeugnis ausstellte. Dieser behandelte mich mit großer Güte und wünschte zu erfahren, woher ich käme und wohin ich wollte. Als ich es ihm erzählte, glaubte er, ich lüge und die Gefahren, die ich ausgestanden hatte, hätten mir den Kopf verwirrt. Erst als ich meinen kleinen Viehbestand aus den Rocktaschen holte, ließ er sich von der Wahrheit meiner Geschichte überzeugen. Ich versprach ihm auch, wenn wir in England ankämen, ihm eine Kuh und ein Schaf mit einem Lamm zu schenken.

Unsere Reise verlief ohne weitere Schwierigkeiten. Wir erreichten England am 13. April 1702. Ich hatte nur das Unglück, daß die Ratten an Bord eines von meinen Schafen holten; ich fand die Knochen ganz rein abgenagt in einem Loch, wohin sie es geschleppt hatten. Die übrigen Tiere brachte ich glücklich an Land und setzte sie auf einen Rasenfleck, wo sie sich das feine kurze Gras gut schmecken ließen. Ich hatte eigentlich immer das Gegenteil befürchtet; auch hätte ich sie auf der langen Reise nicht durchbringen können, wenn mir der Kapitän nicht etwas von seinem besten Schiffszwieback überlassen hätte, der, zu Pulver gerieben und mit Wasser vermischt, ihre Nahrung bildete. Während der Zeit, die ich in England blieb, erzielte ich einen recht ansehnlichen Gewinn, indem ich die Tiere für Geld zur Schau stellte. Ehe ich wieder auf Reisen ging, verkaufte ich sie für sechshundert Pfund.

Ich blieb nur zwei Monate bei meiner Familie, denn mein unersättliches Verlangen, fremde Länder zu sehen, ließ mir keine Ruhe. Meiner Frau ließ ich fünfzehnhundert Pfund zurück und mietete sie in einem schönen Haus ein. Meine übrige Habe nahm ich, teils in Gold, teils in Waren, mit mir, in der Hoffnung, mein Glück zu machen. Ich hatte von meinem Onkel John einige Ländereien geerbt, die etwa dreißig Pfund im Jahr abwarfen, außerdem hatte ich noch eine Erbpacht an einem Wirtshaus, dem Black Bull, die mir ebensoviel eintrug. Ich brauchte also nicht zu befürchten, daß meine Familie in Not geraten würde. Mein Sohn, nach seinem Oheim getauft, war auf der Lateinschule und ein gelehriger Junge. Meine Tochter konnte schon nähen und stricken.

Ich nahm mit Tränen in den Augen Abschied von meiner Frau und meinen Kindern und begab mich auf eine neue Reise.

Gullivers Reise zu den Riesen

9

So verließ ich bereits nach zwei Monaten meine Heimat wieder und schiffte mich am 20. Juni 1702 auf der *Adventure* ein, die unter dem Kommando von Kapitän John Nicholas nach Surat – einer indischen Provinzhauptstadt nördlich von Bombay – in See stach. Wir kamen mit guter Fahrt bis zum Kap der Guten Hoffnung, wo wir landeten, um frisches Wasser einzuholen. Da wir aber am Schiff ein Leck entdeckten, löschten wir unsere Ladung und blieben über den Winter dort. Dann stachen wir wieder in See und hatten eine gute Fahrt, bis wir die Straße von Mozambique hinter uns hatten. Doch nördlich von Madagaskar erhob sich ein heftiger Sturm, der von Westen kam und zwanzig Tage lang anhielt. Als dann eine vollkommene Windstille eintrat, bestimmte der Kapitän unsere Position und stellte fest, daß wir bis ostwärts der Molukken abgetrieben worden waren. Da er mit den Witterungsverhältnissen in diesen Gegenden gut vertraut war, ließ er alle möglichen Vorkehrungen für den Fall eines neuen Sturmes treffen.
In der Tat brach am folgenden Tag aus dem Süden der sogenannte Monsun herein, der uns meiner Schätzung nach fünfzehnhundert Meilen nach Osten abtrieb, so daß nicht einmal die ältesten Seeleute an Bord wußten, in welcher Gegend der Welt wir uns befanden. Unsere Vorräte reichten zwar aus, unser Schiff war fest und unbeschädigt, unsere gesamte Mannschaft gesund, aber wir litten an äußerstem Wassermangel. Es schien uns das beste, den gleichen Kurs beizubehalten und nicht weiter nach Norden zu drehen.
Am 16. Juni 1703 entdeckte ein Schiffsjunge vom Fockmast aus Land. Am 17. kam eine große Insel – oder ein Festland – in Sicht, an deren Südseite wir eine schmale, in die See hinausragende Landzunge entdeckten. Daneben befand sich eine Bucht, die aber für ein über hundert Tonnen schweres Schiff zu seicht war. Wir ankerten also außerhalb dieser Bucht, und unser Kapitän ließ ein

halbes Dutzend Männer mit Wasserbehältern in einem Beiboot an Land gehen, um nach Wasser zu suchen.

Ich bat um die Erlaubnis, mitgehen zu dürfen, um mir die Gegend anzuschauen und vielleicht irgend etwas Merkwürdiges zu entdekken. Als wir an Land kamen, fanden wir weder einen Fluß noch eine Quelle noch irgendeine Spur von Bewohnern. Deshalb wanderten unsere Männer den Strand entlang, um in der Nähe der Küste frisches Wasser ausfindig zu machen. Währenddessen ging ich etwa eine halbe Meile weit in die andere Richtung, fand aber die Gegend dort felsig und unzugänglich. Ich verlor deshalb die Lust und kehrte langsam zur Bucht zurück. Als ich die See dann vor mir liegen sah, stellte ich fest, daß unsere Leute alle schon das Boot bestiegen hatten und aus Leibeskräften zum Schiff ruderten. Ich versuchte, sie zurückzurufen, mußte aber bald die Zwecklosigkeit meiner Bemühungen einsehen. Denn ich sah nun eine ungeheure Gestalt mit Riesenschritten hinter ihnen her in die See laufen; sie watete nur bis zu den Knien im Wasser. Aber unsere Männer hatten einen Vorsprung von etwa einer halben Meile. Da außerdem die See voll von scharfen Klippen war, konnte das Ungeheuer das Boot nicht erreichen. Ich lief, so schnell ich konnte, den Weg zurück und erstieg einen steilen Hügel, von dem ich die Gegend überblicken konnte. Ich stellte fest, daß das Land, so weit mein Auge reichte, bebaut war.

Dann geriet ich, wie es mir schien, auf eine breite Landstraße; in Wirklichkeit diente sie den Eingeborenen nur als Fußpfad durch ein Gerstenfeld. Ich folgte dem Weg, konnte aber nach beiden Seiten nicht viel sehen, denn es war gerade Erntezeit, und das Getreide stand fast zwölf Meter hoch. Ich ging etwa eine Stunde lang bis ans Ende des Feldes, das mit einer mindestens fünfunddreißig Meter hohen Hecke eingezäunt war. Die Bäume waren von unvorstellbarer Höhe. Von diesem Feld führte eine Treppe zum nächsten. Die Treppe hatte vier Stufen, und oben lag ein Stein, den man übersteigen mußte. Es war mir unmöglich, die Stufen zu erklimmen. Ich suchte deshalb nach einem Loch in der Hecke, als ich auf dem nächsten Feld einen Eingeborenen bemerkte. Er kam auf die Treppe zu und war ebenso groß wie der Mann, der unser Boot verfolgt hatte. Er schien mir so hoch wie ein mittelgroßer Kirchturm. Erschrocken lief ich in das Getreide, um mich zu verbergen. Ich konnte die Angst meiner Reisegefährten verstehen, die auf der Flucht nicht mehr an mich gedacht haben. Dann sah ich den Riesen oben auf der Treppe stehen, von wo er zum nächsten Feld hinüberblickte. Ich hörte ihn mit einer Stimme rufen, die wie Donner dröhnte. Daraufhin kamen sechs andere Ungeheuer mit Sicheln herbei, deren jede sechsmal so groß wie eine Sense war.

Diese Männer waren weniger gut gekleidet als der erste und schienen seine Arbeiter zu sein, denn nach einigen Worten seinerseits machten sie sich daran, das Feld, in dem ich mich befand, abzumähen. Ich hielt mich in möglichst großer Entfernung von ihnen, kam aber nur unter den größten Schwierigkeiten weiter, denn das Getreide war so dicht gesät, daß ich meinen Körper nur mit Mühe zwischen den Halmen durchzwängen konnte. Plötzlich geriet ich in einen Teil des Feldes, wo Wind und Regen das Getreide zu Boden gedrückt hatten. Hier vermochte ich keinen Schritt weiterzugehen, denn die Halme waren so dicht verflochten, daß es mir nicht möglich war durchzukriechen. Vollkommen erschöpft von den Anstrengungen und überwältigt von Angst und Verzweiflung, warf ich mich in einer Furche nieder und wünschte mir von Herzen den Tod herbei. In dieser schrecklichen Gemütsverfassung kam mir Liliput in den Sinn, dessen Einwohner in mir das größte Wunder erblickt hatten, das je auf Erden erschienen war. Dort war ich in der Lage gewesen, eine königliche Flotte mit den Händen wegzuschleppen und andere Taten zu vollbringen, die für ewige Zeiten in den Geschichtsbüchern verzeichnet waren und die die Nachwelt kaum für glaubhaft halten würde. Wie demütigend für mich, diesen Riesen so zu erscheinen wie ein Liliputaner den Menschen!

Nun näherte sich auch schon einer der Schnitter der Furche, in der ich lag. Ich fürchtete, beim nächsten Schritt, den er machte, von seinem Fuß zerquetscht oder von seiner Sichel zerschnitten zu werden, und schrie mit aller Kraft auf, die mir die Angst eingab. Der Riese stutzte und blickte eine Zeitlang suchend auf dem Boden umher, bis er mich auf der Erde liegen sah. Er betrachtete mich eine Weile vorsichtig, wie wir ein kleines Tier betrachten, das uns kratzen oder beißen könnte.

Dann ergriff er mich mit Daumen und Zeigefinger und hielt mich vor seine Augen, um mich näher zu betrachten. Glücklicherweise hatte ich die Geistesgegenwart, mich nicht zu rühren, solange er mich hoch über dem Erdboden in der Luft hielt und mich aus Angst, ich könnte ihm durch die Finger schlüpfen, furchtbar drückte. Nur eines wagte ich: meine Augen zur Sonne zu erheben und meine Hände wie bittend zusammenzulegen, wobei ich entsprechend meiner Lage einige Worte in demütigem und flehendem Ton sagte. Ich fürchtete nämlich jeden Augenblick, er werde mich auf die Erde schleudern. Aber anscheinend fand er an meiner Stimme und an meinen Gebärden Gefallen. Er betrachtete mich wie eine Merkwürdigkeit und wunderte sich, mich so deutlich sprechen zu hören, obwohl er mich nicht verstand. Allerdings konnte ich meine Seufzer und Tränen nicht zurückhalten; dabei drehte ich meinen Kopf nach beiden Seiten, um ihm, so gut ich es vermochte, zu verstehen zu geben, wie grausam mich der Druck seiner Finger quälte. Er schien mich zu verstehen und steckte mich vorsichtig in seine Tasche. Dann lief er zu seinem Herrn; es war derselbe behäbige Bauer, den ich zuerst auf dem Feld gesehen hatte.

Dieser nahm mich in die Hand, dann blies er meine Haare zur Seite, um mein Gesicht besser betrachten zu können. Er rief seine anderen Knechte herbei und schien sie zu fragen, ob ihnen jemals auf dem Feld ein ähnliches Wesen untergekommen sei. Dann setzte er mich sanft auf alle viere auf die Erde. Ich stellte mich augenblicklich aufrecht und schritt langsam auf und nieder, um zu zeigen, daß ich nicht die Absicht hatte, davonzulaufen. Die Riesen setzten sich in einem Kreis um mich herum, um meine Bewegungen besser beobachten zu können. Ich nahm meinen Hut ab und machte vor dem Bauern eine tiefe Verbeugung. Dann fiel ich auf die Knie, nahm meine Geldbörse aus der Tasche und überreichte sie ihm ehrfurchtsvoll. Er nahm sie in die Hand, hielt sie dicht an seine Augen, drehte sie dann etliche Male mit der Spitze einer Nadel um, die er aus dem Ärmel zog, wußte aber nichts damit anzufangen. Ich gab ihm durch Zeichen zu verstehen, er solle seine Hand auf die Erde legen. Dann nahm ich die Börse, öffnete sie und schüttete ihm das Geld in die Hand. Es waren sechs spanische Münzen und außerdem zwanzig bis dreißig kleinere Geldstücke. Er befeuchtete mit der Zunge seinen kleinen Finger und pickte so eine der schwersten Münzen und noch eine andere auf; aber er schien ihren Gebrauch nicht zu kennen, denn er winkte mir, das Geld wieder in meine Börse zu stecken. Das war denn auch, nachdem ich es ihm mehrere Male vergeblich angeboten hatte, das Gescheiteste, was ich tun konnte.

Der Bauer war nun anscheinend überzeugt davon, daß ich ein vernünftiges Geschöpf sei. Er redete mich ein paarmal an; der Schall seiner Stimme dröhnte mir in den Ohren wie Mühlengeklapper. Ich antwortete, so laut ich konnte, in verschiedenen Sprachen. Er bog sein Ohr bis auf zwei Meter zu mir herab; aber es war alles vergeblich, wir konnten einander nicht verständlich machen. Er schickte seine Knechte wieder an die Arbeit, nahm sein Schnupftuch aus der Tasche und breitete es über seine linke Hand, die er mit der Handfläche nach oben auf die Erde hielt; er winkte mir, hinaufzusteigen. Ich hielt es für das Vernünftigste zu gehorchen, stieg in seine Hand der Länge nach auf das Tuch, das er zur Sicherheit noch um mich herumwickelte. So trug er mich nach Hause. Dort zeigte er mich seiner Frau, aber sie schrie laut auf und lief weg. Nachdem sie mich eine Zeitlang von ferne beobachtet und gesehen hatte, wie gut ich auf die Zeichen ihres Mannes achtete, wurde sie allmählich zutraulicher und erwies mir später eine fast zärtliche Zuneigung.

Es war etwa zwölf Uhr mittags. Eine Magd brachte das Essen herein, ein einfaches Fleischgericht, wie es auch die Bauern bei uns essen. Es wurde in einer Schüssel aufgetragen, die ungefähr acht Meter im Durchmesser hatte. Die Familie bestand aus dem Bauern, seiner Frau, drei Kindern und einer alten Großmutter. Nachdem sie Platz genommen hatten, setzte mich der Bauer in einiger Entfernung vor sich auf den Tisch. Ich fürchtete hinabzufallen, denn der Tisch war beinahe zehn Meter hoch. Die Frau nahm ein Stückchen Fleisch, zerschnitt es so fein wie möglich, zerkrümelte etwas

Brot auf einem Teller und stellte beides vor mich hin. Ich machte eine tiefe Verbeugung, zog mein Messer und meine Gabel heraus und langte zu, was ihnen ein außerordentliches Vergnügen zu bereiten schien. Die Frau ließ durch das Mädchen ein kleines Schnapsglas holen, das etwa zwei Kannen faßte, füllte es an und nickte mir zu, ich solle trinken. Ich nahm es mit einiger Schwierigkeit in beide Hände und trank auf die Gesundheit der Hausfrau. Die Gesellschaft brach in ein so herzliches Gelächter aus, daß ich von dem Höllenlärm fast taub wurde. Das Getränk schmeckte wie ein schwacher Most. Dann winkte mir der Hausherr, zu seinem Teller zu kommen. Als ich über die Tafel schritt, stolperte ich über ein Stück Brotrinde, die mir im Weg lag, und fiel platt auf mein Gesicht, ohne jedoch Schaden zu nehmen. Ich stand gleich wieder auf; da ich sah, daß die guten Leute sehr besorgt waren, schwenkte ich meinen Hut und rief ein dreifaches »Hurra!«, um zu zeigen, daß mir nichts geschehen sei.

Den nächsten Schreck jagte mir eine Katze ein, die gleichsam auch zur Familie gehörte, ein riesiges weiß-schwarzes Tier, etwa von der Größe einer stattlichen Kuh. Ihr Schnurren klang in meinen Ohren wie Tigerknurren, als ich mich so unvermittelt diesem haarigen Ungeheuer gegenübersah.

Während ich zu meinem Herrn – so will ich ihn fortan nennen – hinging, ergriff mich sein jüngster Sohn, ein mutwilliger, etwa zehn Jahre alter Knabe, an den Beinen und hielt mich hoch in die Luft, so daß ich an allen Gliedern zitterte. Sein Vater aber riß mich aus seiner Hand, gab dem Jungen eine Ohrfeige und jagte ihn vom Tisch. Ich fürchtete, der Junge werde nun einen Groll gegen mich hegen, und ich erinnerte mich auch, wie boshaft Kinder bei uns gegen Spatzen, Kaninchen, junge Katzen und Hunde zu sein pflegen. Ich fiel daher auf die Knie und gab meinem Herrn, so gut ich konnte, zu verstehen, ich wünsche, daß er seinem Sohn verzeihe. Der Vater war einverstanden, und der Schlingel setzte sich wieder an seinen Platz.

Nach dem Essen ging mein Herr zu seinen Arbeitern und legte, wie ich seiner Stimme und seinen Gesten entnahm, seiner Frau dringend ans Herz, sorgsam auf mich zu achten. Ich war sehr müde und hätte gern geschlafen. Als meine Herrin dies bemerkte, legte sie mich auf ihr eigenes Bett und deckte mich mit einem sauberen weißen Taschentuch zu. Dieses war größer und gröber als das Hauptsegel eines großen Segelbootes.

Ich schlief etwa zwei Stunden und träumte, ich sei zu Hause. Um so betrübter war ich, als ich erwachte und mich in dem Bett der Riesin wiederfand, allein in einem Zimmer von gewaltigen Ausmaßen. Meine Herrin war weggegangen und hatte mich eingeschlossen.

Unterdessen kletterten zwei riesige Ratten an dem Bett hoch und liefen schnuppernd auf der Decke hin und her. Eine von ihnen kam fast bis an mein Gesicht heran. Erschrocken sprang ich auf und zog meinen Degen. Diese furchtbaren Tiere griffen mich von beiden Seiten an, und eines von ihnen legte seine Vorderpfote auf meinen Rockkragen. Glücklicherweise konnte ich ihm den Bauch aufschlitzen, ehe es mir etwas antun konnte. Es fiel tot zu meinen Füßen nieder. Die zweite Ratte machte sich schleunigst davon, als sie das Schicksal ihrer Gefährtin sah; sie war zwar am Rücken verwundet, aber sie entkam.

Bald darauf trat meine Herrin ins Zimmer. Als sie mich so blutig sah, lief sie schnell herbei und nahm mich in die Hand. Lächelnd wies ich auf die tote Ratte und gab der Riesin zu verstehen, daß ich unverletzt sei. Sie war darüber hocherfreut und rief nach der Dienstmagd, die die tote Ratte mit einer Zange ergriff und zum Fenster hinauswarf. Meine Herrin setzte mich auf den Tisch, und ich zeigte ihr meinen blutigen Degen. Dann wischte ich ihn an meinem Rockschoß ab und steckte ihn in die Scheide zurück. Später öffnete meine Herrin die Tür, stellte mich auf den Boden und ließ mich im Garten spazierengehen. Wegen der hohen Gräser war mir das aber bald zu mühsam, und ich kehrte gern wieder ins Haus zurück.

10

Die neunjährige Tochter meiner Herrin war ein für ihr Alter recht anstelliges Kind. Sie konnte bereits nähen und hatte ihre Puppe mit einer kunstvollen Garderobe ausgestattet. Mit Hilfe ihrer Mutter setzte sie ihre Puppenwiege für mich instand, in der ich schlafen sollte. Die Wiege wurde in eine Schublade gestellt und diese, aus Furcht vor den Ratten, auf ein frei schwebendes Brett. Das war mein Schlafquartier, solange ich bei diesen Leuten blieb. Allmählich wurde es auch besser eingerichtet, nachdem ich ihre Sprache zu lernen begann und meine Bedürfnisse verständlich machen konnte. Das kleine Riesenmädchen, das bald meine besondere Freundin wurde, war so geschickt, daß es mich nach kurzer Zeit aus- und anziehen konnte, obgleich ich dies immer höflich abzulehnen versuchte. Sie nähte mir sieben Hemden und anderes Weißzeug vom feinsten Leinen, das erhältlich war; freilich war es noch gröber als Sackleinen.
Sie war auch meine Lehrmeisterin in der fremden Sprache. Wenn ich auf etwas zeigte, nannte sie mir den Namen des Gegenstandes in ihrer Sprache, so daß ich nach wenigen Tagen alles, wonach ich Verlangen hatte, zu nennen wußte. Sie war sehr gutmütig und nicht über zwölf Meter hoch, also sehr klein für ihr Alter. Sie gab mir den Namen *Grildrig,* den ich von nun an behielt und unter dem ich später im ganzen Reich bekannt war. Dem Mädchen verdanke ich sehr viel. Wir trennten uns nie, solange ich dort war. Ich nannte sie meine *Glumdalclitch* oder „kleine Hüterin". Es wäre undankbar von mir, nicht ihre liebevolle Fürsorge für mich zu erwähnen, und ich wünschte von Herzen, es läge in meiner Macht, ihr zu danken. Leider aber mußte ich nur zu sehr fürchten, die unschuldige Ursache ihres Kummers zu sein.
In der ganzen Nachbarschaft ging jetzt das Gerede, der Bauer habe auf dem Feld ein seltenes Tier gefunden, nicht größer als ein Däumling, aber so gebildet wie ein Mensch, das auf das täuschendste menschliche Handlungen nachahme. Es habe sogar eine Art von Sprache und verstehe auch schon einige Wörter in der Landessprache, könne aufrecht auf zwei Beinen gehen, sei zahm und zu-

traulich, höre auf den Namen *Grildrig,* gehorche aufs Wort und habe die zierlichsten Gliedmaßen der Welt.
Ein anderer Bauer, der nebenan wohnte, ein guter Freund meines Herrn, kam sofort zu Besuch, um der Wahrheit dieser Gerüchte auf den Grund zu kommen. Ich wurde ihm vorgeführt und auf den Tisch gestellt, mußte auf und ab marschieren, meinen Hirschfänger ziehen, ihn wieder einstecken, dem Gast meine Verbeugung machen, mich in der Landessprache nach seinem Befinden erkundigen und ihn höflich willkommen heißen, wie meine kleine Hüterin es mich gelehrt hatte.
Dieser Patron, ein alter, augenblinzelnder Kerl, zog seine Brille hervor, um mich besser betrachten zu können. Als er sich, die Brille auf der Nase, neugierig zu mir herunterbeugte, sahen seine dummen Augen wie zwei Vollmonde aus. Dies kam mir so komisch vor, daß ich in ein herzliches Lachen ausbrach, in das die ganze Gesellschaft einstimmte. Der alte Knabe war töricht genug, sich über unsere Lustigkeit zu ärgern. Er gab meinem Herrn den verfluchten Rat, mich an einem Markttag im nächsten Dorf öffentlich für Geld sehen zu lassen. Dieses Dorf lag etwa fünfunddreißig Kilometer von unserem Haus entfernt. Ich erriet gleich, daß mir nichts Gutes bevorstand, nachdem ich meinen Herrn mit seinem Freund flüstern hörte.
Am nächsten Morgen erzählte mir Glumdalclitch die ganze Geschichte, die sie schlau ihrer Mutter entlockt hatte. Das arme Kind legte mich an seine Brust und fing vor Kummer an zu weinen. Sie fürchtete, es könne mir unter den rohen Bauern ein Leid geschehen, die mich totdrücken oder mir ein Bein abbrechen würden, wenn sie mich mit ihren plumpen Händen betasteten. Sie hatte auch bemerkt, wie streng ich auf meine Ehre hielt; welche Schmach also, mich für Geld dem gemeinsten Pöbel preisgegeben zu sehen. Ich hegte die Hoffnung, eines Tages meine Freiheit wiederzuerhalten. Und was die Schande anlangt, als ein Wunderding im Land herumgeschleppt zu werden, so war ich hier ja fremd; es konnte mir nicht zum Vorwurf gemacht werden, wenn ich je nach England zurückkehrte.
Der Bauer nahm mich wirklich am nächsten Tag in einer Schachtel

ins Dorf mit. Seine Tochter, meine kleine Hüterin, saß hinter ihm auf dem Sattel. Die Schachtel war verschlossen, an der einen Seite aber war eine kleine Tür angebracht, durch die ich hinaus- und hineinspazieren konnte, und in den Deckel hatte man Luftlöcher gebohrt. Das Mädchen hatte sorgsam eine Matratze aus seinem Puppenbett hineingelegt, auf der ich mich ausstrecken konnte. Dennoch wurde ich auf dieser Reise geschüttelt und gepufft, obgleich die Fahrt nur eine halbe Stunde dauerte, denn das Pferd legte bei jedem Schritt zwölf Meter zurück.

Mein Herr kehrte in einer Schenke ein. Nachdem er sich mit dem Wirt besprochen und die nötigen Vorkehrungen getroffen hatte, mietete er einen *Gruldrud* oder Ausrufer, der in der ganzen Gegend bekanntmachte, im »Green Eagle« sei ein einzigartiges Wundertier zu sehen.

Nun wurde ich in dem größten Zimmer der Schenke auf einen Tisch gestellt. Meine kleine Hüterin stand auf einem niedrigen Stuhl neben dem Tisch, um auf mich zu achten und mir zu sagen, was ich tun sollte. Wegen des ungeheuren Zudranges ließ mein Herr immer nur dreißig Zuschauer zu gleicher Zeit herein. Ich ging um den Tisch herum, wie mich das Mädchen geheißen hatte; dann stellte sie mir Fragen, und ich antwortete, soweit meine Sprachkenntnisse reichten. Ich machte Verbeugungen, hieß das hochverehrte Publikum willkommen und tischte noch einige andere Redensarten auf, die man mich gelehrt hatte. Ich ergriff einen Fingerhut, den mir Glumdalclitch als Weinglas reichte, und trank auf die Gesundheit der Gesellschaft, dann zog ich meinen Hirschfänger und focht damit in der Luft herum wie ein Fechtmeister. Meine kleine Hüterin reichte mir einen Strohhalm, mit dem ich wie mit einer Lanze exerzierte, eine Kunst, die ich in meiner Jugend gelernt hatte. Es wurden an diesem Tag zwölf Vorstellungen gegeben, und jedesmal mußte ich sämtliche Kunststücke wiederholen, bis ich vor Müdigkeit und Ärger halb tot war. Die mich gesehen hatten, erzählten draußen Wunderdinge von mir und machten die übrigen so neugierig, daß sie die Türen einzubrechen drohten. Mein Herr ließ öffentlich bekanntmachen, daß ich am nächsten Markttag wieder zu sehen sein werde. Inzwischen versuchte er für mich ein bequemeres Fuhrwerk instand zu setzen, denn meine erste Reise und die achtstündigen Vorstellungen, die darauf folgten, hatten mich so angegriffen, daß ich kaum noch auf den Beinen stehen oder ein Wort sprechen konnte. Es vergingen wenigstens drei Tage, ehe ich mich wieder vollständig erholte. Damit ich auch zu Hause keine Ruhe hatte, kamen sämtliche Leute aus der Nachbarschaft, um mich zu begaffen. Mein Herr verdiente gut dabei, denn er ließ sich für jede Vorstellung im Haus, auch wenn nur eine einzige Familie zugegen war, soviel bezahlen wie von dem Publikum im Wirtshaus.

Da mein Herr sah, wie einträglich ich für ihn war, beschloß er, mit mir in den bedeutendsten Städten des Königreiches umherzureisen. Er versah sich mit allem Nötigen, nahm Abschied von seiner Frau, und am 17. August 1703, fast zwei Monate nach meiner Ankunft in diesem Land, begaben wir uns auf den Weg zur Hauptstadt des Reiches. Der Vater setzte Glumdalclitch hinter sich aufs Pferd, und ich saß auf ihrem Schoß in einer Schachtel, die sie sich um den Leib gebunden hatte. Das Mädchen hatte die Schachtel an allen Seiten ganz weich ausgepolstert, dann hatte sie ihr Puppenbett hineingestellt und überhaupt alles so bequem wie möglich eingerichtet.

Mein Herr wollte mich nicht nur in den Städten, durch die wir kamen, sondern auch in allen Dörfern vorführen, wo er Zuschauer erwarten konnte. Wir machten gemächliche Tagesreisen von achtzig bis hundertfünfzig Kilometer, denn Glumdalclitch klagte, um mir zu helfen, daß das Reisen sie ermüde. Sie nahm mich öfters aus meiner Schachtel, damit ich Luft schöpfen konnte. So sah ich das Land, durch das wir zogen.

Am 26. Oktober kamen wir in der Hauptstadt an, die in der Landessprache *Lorbrulgrud* oder »Stolz der Welt« heißt. Mein Herr nahm Quartier in der Hauptstraße der Stadt, unfern des königlichen Schlosses, und ließ Zettel anschlagen, die eine ausführliche Beschreibung meiner Person und meiner Talente enthielten. Er mietete einen großen Saal. Darin wurde ein Tisch von achtzehn Meter im Durchmesser aufgestellt, auf dem ich nun auftreten sollte, der Rand des Tisches war mit einer Leiste versehen, damit

ich nicht herabfallen konnte. Ich wurde zehnmal am Tag zur allgemeinen Verwunderung und Zufriedenheit gezeigt.
Ich sprach jetzt die Landessprache ziemlich fließend und verstand jedes Wort, das man an mich richtete. Ich hatte auch das Alphabet erlernt und konnte also einige Proben meiner Gelehrsamkeit ablegen. Glumdalclitch war nämlich während der Ruhestunden auf der Reise meine Lehrmeisterin gewesen. Sie trug ein kleines Büchlein in der Tasche, nicht viel größer als ein geographischer Atlas. Es enthielt einen Katechismus ihrer Religion. Daraus hatte sie mich die Buchstaben gelehrt und mir die Worte erläutert.

11

Die täglichen Anstrengungen verschlechterten meinen Gesundheitszustand bedenklich. Je mehr mein Herr durch mich verdiente, desto unersättlicher wurde er. Ich hatte meinen Appetit verloren und war fast zum Skelett abgemagert. Mein Herr bemerkte dies. Da er glaubte, ich würde nicht mehr lange leben, beschloß er, rasch einen möglichst guten Handel mit mir zu machen. Während er so seine Pläne schmiedete, kam ein Page mit dem Befehl, mich sofort an den Hof zu bringen, um mich der Königin vorzustellen. Man hatte ihr Wunderdinge von meiner Schönheit und meinem Verstand berichtet.
Ich beugte mein Knie vor der Königin und wollte ihren Fuß küssen. Aber die Fürstin ließ mich auf den Tisch setzen und reichte mir ihren kleine Finger, den ich ehrfurchtsvoll in meine beiden Arme schloß und mit meinen Lippen berührte. Sie richtete einige allgemeine Fragen an mich über mein Vaterland und meine Reisen, die ich möglichst kurz und bestimmt beantwortete. Sie fragte mich, ob ich gern am Hof leben wolle. Ich verneigte mich und entgegnete ehrerbietig, daß ich stolz sein würde, mein Leben ihren Diensten zu widmen. Die Königin wandte sich dann an meinen Herrn mit der Frage, ob er mich um einen guten Preis verkaufen würde; er forderte tausend Goldstücke, die ihm sofort ausbezahlt wurden. Hierauf bat ich mir noch die Gnade aus, daß auch Glumdalclitch,

die mich stets mit soviel Sorgfalt und Zärtlichkeit gepflegt hatte, bei Hof zugelassen würde, um weiter meine Pflegerin und Lehrerin zu bleiben. Die Königin gewährte meine Bitte, und der Bauer willigte ein, denn er war froh, seine Tochter anzubringen. Auch das arme Kind verbarg seine Freude nicht. Mein früherer Gebieter wünschte mir Lebewohl, ich verabschiedete mich jedoch nur mit einer stummen Verbeugung.

Die Königin bemerkte meine Kälte und fragte, als der Bauer das Zimmer verlassen hatte, nach dem Grund. Da erklärte ich ihr, daß ich meinem früheren Herrn keinen Dank schulde außer dafür, daß er einer harmlosen Kreatur, die er zufällig auf seinem Feld gefunden hatte, nicht den Kopf eingeschlagen habe. Dieser Dank sei ihm aber reichlich abgestattet durch den Gewinn, den er durch mich erzielt habe, als er mich im halben Königreich zu Schau gestellt, und durch den Preis, für den er mich eben verkauft habe. Die beständige Plage, täglich und stündlich die Leute belustigen zu müssen, habe meine Gesundheit untergraben. Wenn mein Peiniger nicht geglaubt hätte, er würde sein Gewerbe mit mir doch nicht mehr lange treiben können, würde Ihre Majestät mich nicht so billig bekommen haben. Nun aber glaube ich schon zu fühlen, daß sich meine Lebensgeister in Ihrer Majestät erhabenen Gegenwart wieder aufrichten. Ich hoffe, die Befürchtungen meines früheren Herrn würden sich als grundlos erweisen.

Dies war der Inhalt meiner Rede, die ich mit vielen Sprachfehlern und unter häufigem Stocken zustande brachte. Die Königin übte gnädig Nachsicht mit den Mängeln meiner Ausdrucksweise und war sehr erstaunt, soviel Verstand bei einem so winzigen Wesen zu finden. Sie nahm mich in ihre Hand und trug mich zum König, der soeben zurückgekehrt war.

Seine Majestät, ein Fürst von stattlichem Äußeren und mit strengem, finsterem Gesicht, fragte die Königin: »Seit wann beliebt es Euch, an einem solchen Däumling Gefallen zu finden?«

Die Fürstin, mit einem unendlich liebenswürdigen Anflug heiterer Laune, stellte mich sanft auf meine Füße und gebot mir, mich selbst Seiner Majestät bekannt zu machen. Ich tat dies mit möglichst kurzen Worten. Glumdalclitch, die vor der Tür wartete, wurde hereingelassen und bestätigte alles, was seit meiner Ankunft im Haus ihres Vaters geschehen war.

Der König, ein äußerst gebildeter Mann, in der Philosophie und besonders in der Mathematik sehr bewandert, meinte zuerst, als er mich aufrecht gehen sah, ich sei ein von einem geschickten Künstler verfertigter Automat. Sobald er aber meine Stimme hörte und alles, was ich sagte, verständig fand, konnte er sein Erstaunen nicht verbergen. Er schien jedoch keineswegs von der Wahrheit meiner Erzählung, wie ich in das Land gekommen sei, überzeugt. Er meinte vielmehr, es sei eine zwischen Glumdalclitch und ihrem Vater abgesprochene Lüge, und sie hätten mich abgerichtet, einige eingelernte Worte zu sprechen, um mich zu einem höheren Preis zu verkaufen. Der König legte mir daher noch mehrere Fragen vor, erhielt aber immer Antworten, an denen weiter nichts auszusetzen war als ein fremder Akzent und eine unvollkommene Kenntnis der Sprache nebst einigen ländlichen Ausdrücken, die ich in dem Bauernhaus gelernt hatte; diese paßten freilich wenig zu dem feinen Ton bei Hof.

Der König ließ drei berühmte Gelehrte kommen. Sie untersuchten mich mit der größten Aufmerksamkeit und waren schnell mit ihrem Urteil fertig; allerdings stimmte keiner mit dem anderen überein, außer darin, daß ich nicht auf natürlichem Weg entstanden sein könne. Da ich weder auf Bäume klettern noch die Erde aufwühlen könne, um meine Nahrung zu suchen, sei ich nicht lebensfähig. Aus meinen Zähnen schlossen sie, daß ich zur Gattung der fleischfressenden Tiere gehöre. Sie konnten nicht begreifen, wovon ich lebte, wenn ich nicht vielleicht Schnecken und kleine Insekten fräße. Dies aber könne auch wieder nicht der Fall sein, was sie durch viele gelehrte Argumente unwiderlegbar bewiesen. Einer der Herren meinte, ich sei ein Kind einer unbekannten Zwergenrasse. Die beiden anderen verwarfen aber diese Ansicht und wiesen darauf hin, daß meine Gliedmaßen vollkommen ausgebildet seien und ich jahrelang gelebt haben müsse, wie mein Bart beweise, dessen Stoppeln sie durch das Vergrößerungsglas deutlich wahrnahmen. Nach vielen Debatten kamen sie endlich dahin überein, ich sei ein *relplum scalcath,* ein Spiel der Natur.

Nach dieser gelehrten Entscheidung bat ich einen Augenblick um Gehör. Ich wandte mich an den König und versicherte ihm, ich käme aus einem Land, wo noch viele Millionen Menschen wohnten, die mir glichen. Da auch die Tiere, die Häuser und die Bäume im richtigen Größenverhältnis stünden, sei ich dort wohl imstande, mich zu verteidigen und für meinen Unterhalt zu sorgen. So einleuchtend meine Antwort auch war, ließen sich die gelehrten Herren doch nicht davon überzeugen. Sie lächelten verächtlich und meinten, der Bauer habe mich gut abgerichtet.
Der König aber, der weit scharfsichtiger war, entließ seine Gelehrten und schickte nach dem Bauern, der zum Glück die Stadt noch nicht verlassen hatte. Er wurde erst allein vernommen, dann mir und dem Mädchen gegenübergestellt. Schließlich war der König überzeugt davon, daß unsere Erzählungen wahr sein müßten. Er empfahl mich der besonderen Obhut der Königin und entschied, daß auch Glumdalclitch in ihrem Amt verbleiben sollte, in Anbetracht unserer großen Liebe zueinander. Es wurde für sie ein passendes Zimmer im Schloß eingerichtet, sie erhielt eine Gouvernante, um ihr etwas höfisches Benehmen beizubringen, eine Kammerzofe zum Ankleiden und zwei andere Zofen zur sonstigen Bedienung; dagegen wurde die Sorge um mich ihr ganz allein anvertraut.
Die Königin gab dem Hoftischlermeister den Auftrag, einen Kasten herzustellen, der mir als Schlafzimmer dienen und über dessen Anfertigung ich mich mit Glumdalclitch einigen sollte. Dieser Mann war ein sehr geschickter Handwerker und baute für mich innerhalb von drei Wochen eine hölzerne Stube mit Schiebefenstern, einer Tür und den nötigen Nebenräumen, genau wie ein Londoner Schlafzimmer. Das Brett, das die Decke bildete, war an zwei Scharnieren befestigt, so daß man es auf- und zuklappen konnte. So konnte mein Bett, das der Hoftapezierer Ihrer Majestät geliefert hatte, täglich von Glumdalclitch herausgenommen und gelüftet werden. Dann machte sie es zurecht und stellte es für die Nacht wieder an seinen Platz. Um das Eindringen von Ratten und Mäusen zu verhindern, bat ich, ein Schloß an meiner Tür anzubringen, und dem Schmied gelang es nach einigen Versuchen, das

kleinste seiner Art herzustellen, das man hierzulande jemals gesehen hatte. Den Schlüssel verwahrte ich in meiner Tasche, da ich fürchtete, Glumdalclitch könne ihn verlieren. Die Königin ließ die feinste Seide beschaffen, die aufzutreiben war, um mir daraus Kleider anfertigen zu lassen. Sie waren indes so dick und unbequem wie eine englische Bettdecke, aber schließlich gewöhnte ich mich daran. Dieser nach der Landessitte zugeschnittene, sehr feierliche und würdevolle Anzug ähnelte teils der persischen, teils der chinesischen Tracht.

Die Königin fand so viel Gefallen an meiner Gesellschaft, daß sie ohne mich nicht mehr speisen wollte. Auf der königlichen Tafel wurde daher neben dem Platz Ihrer Majestät für mich ein Tisch mit einem Stuhl aufgestellt. Dahinter stand Glumdalclitch, um auf mich zu achten und mich zu bedienen. Ich erhielt ein vollständiges Silberservice, genau wie das der Königin, nur nahm sich das meine dagegen ungefähr so aus wie das Mobiliar eines Puppenhäuschens. Meine kleine Hüterin bewahrte es in einer silbernen Dose auf, die sie in der Tasche trug. An der Tafel speisten noch zwei Prinzessinnen, die ältere sechzehn, die jüngere dreizehn Jahre alt. Die Königin legte mir ein kleines Stückchen Fleisch auf meine Schüssel, das ich dann selbst schneiden durfte. Sie konnte mich nicht genug betrachten, während ich meine Mahlzeiten verspeiste.

Es war üblich, daß der König gemeinsam mit der Königin und den Prinzen und Prinzessinnen jeden Mittwoch, der hierzulande als Sonntag gefeiert wurde, in seinen Gemächern speiste. Ich war inzwischen sehr in seiner Gunst gestiegen, und bei diesen Gelegenheiten standen mein Tisch und mein Stuhl zu seiner Linken neben einem der Salzfäßchen. Der König fand Vergnügen daran, sich mit mir zu unterhalten, und erkundigte sich nach den Lebensgewohnheiten, den Gesetzen, der Verwaltung, der Religion und den Wissenschaften meiner Heimat. Ich gab ihm nach bestem Wissen Auskunft, und mit klarem Verstand und scharfem Urteil machte er seine Bemerkungen zu allem, was ich sagte.

Nachdem ich nun schon so viele Monate lang an den Anblick und den Umgang dieser Leute gewöhnt war, hatte ich die Angst, die ich anfangs vor ihrer Größe empfunden hatte, allmählich überwunden.

Sie erschienen mir nun wie eine Gesellschaft geputzter Damen und Herren, die mit Stolzieren, Verneigen und Schwatzen ihre Rolle auf das geschickteste spielten. So fühlte ich mich, um die Wahrheit zu sagen, versucht, über sie ebenso zu lachen, wie der König und seine Großen sich über mich amüsierten.

Niemand ärgerte mich mehr als der Zwerg der Königin. Da dieser, die kleinste Person im ganzen Land, jetzt ein anderes Geschöpf so tief unter sich sah, fing er an, sich aufzublähen und den Großen zu spielen. Sooft er im Vorzimmer der Königin an mir vorbeiging, während ich gerade auf einem Tisch stand und mich mit den Hofdamen unterhielt, war er unverschämt genug, über meine Kleinheit zu sticheln. Ich konnte mich nur dadurch rächen, daß ich ihn Bruder nannte oder ihn zum Ringen herausforderte.

Eines Tages bei Tisch wurde der kleine Kerl so böse über etwas, was ich zu ihm sagte, daß er plötzlich auf die Stuhllehne der Königin sprang, mich packte und in eine große silberne Schale mit Sahne fallen ließ. Wäre ich nicht ein guter Schwimmer gewesen, wäre es mir schlimm ergangen, denn Glumdalclitch stand in diesem Augenblick gerade am anderen Ende des Zimmers, und die Königin hatte nicht genug Geistesgegenwart, um mir beizuspringen. Meine kleine Hüterin rannte herbei und half mir heraus, nachdem ich bereits über einen Liter Sahne geschluckt hatte. Es hatte mir aber weiter nichts geschadet, nur mein Anzug war völlig verdorben. Der Zwerg wurde ordentlich geprügelt und mußte zur Strafe die ganze Schale mit Sahne, in der ich gelegen hatte, austrinken.

Eines Morgens hatte mich Glumdalclitch mit meinem Kasten an ein offenes Fenster gestellt. Das tat sie bei schönem Wetter oft, damit ich die frische Luft genießen konnte. Ich hatte eines der Schiebefenster geöffnet und saß an meinem Tisch, um ein Stück süßen Kuchens zum Frühstück zu verzehren. Durch den Geruch angelockt, flogen Wespen in das Zimmer und summten dabei lauter als die Hämmer eines Hammerwerks. Einige von ihnen ergriffen meinen Kuchen und trugen ihn stückweise weg. Andere flogen mir um Kopf und Gesicht, betäubten mich mit ihrem Gebrumm und jagten mir mit ihren Stacheln einen furchtbaren Schrecken ein. Immerhin hatte ich soviel Mut, daß ich aufsprang und meinen Degen zog, um sie in der Luft anzugreifen. Ich erledigte vier von ihnen; die übrigen nahmen Reißaus, worauf ich schnell das Fenster schloß. Die toten Insekten waren so groß wie Rebhühner. Ich riß ihnen die Stacheln aus, die etwa fünf Zentimeter lang und spitz wie Nadeln waren. Ich bewahrte die Stacheln sorgfältig auf und habe sie oft zusammen mit anderen Kuriositäten in Europa gezeigt.

12

In dieser Zeit bin ich nie mehr als tausend Kilometer über Lorbrulgrud, der Hauptstadt, hinausgekommen. Denn die Königin, in deren Gefolge ich stets war, fuhr nie weiter, wenn sie ihren Gemahl auf seinen Rundreisen begleitete. Dort wartete sie gewöhnlich seine Rückkehr ab. Im ganzen mögen die Länder dieses Fürsten eine Ausdehnung von nahezu zehntausend Kilometer in der Länge und drei- bis viertausend in der Breite haben.

Das Reich ist eine Halbinsel, die im Nordosten von einem dreißigtausend Meter hohen Gebirge begrenzt wird. Da die Berge Vulkane sind, können die Gipfel nicht überstiegen werden; auch wissen die Gelehrten nicht, ob es jenseits dieser Bergkette überhaupt Bewohner gibt. An den drei übrigen Seiten wird das Land vom Ozean begrenzt. Im ganzen Königreich gibt es nicht einen einzigen Seehafen. Die Mündungen der Ströme sind voll Klippen, und das Meer hat so viele gefährliche Untiefen, daß selbst das leichteste Boot sich nicht hinauswagen darf. Daher ist das Volk von der übrigen Welt völlig abgeschnitten. Die großen Ströme sind reich an vortrefflichen Fischen; selten aber gibt man sich damit ab, Seefische zu fangen, denn diese sind nicht viel größer als die europäischen. Hin und wieder wird wohl ein Walfisch gefangen, der an den Klippen gestrandet ist. Man bringt diese Tiere zuweilen in Tragkörben in die Hauptstadt. Ich sah einen in der Schüssel auf des Königs Tafel, doch schien er keinen Beifall zu finden.

Das Land ist wohlbebaut und enthält einundfünfzig Städte, etwa hundert ummauerte Marktgemeinden und eine große Zahl von

Dörfern. Die Hauptstadt Lorbrulgrud wird durch einen Fluß in zwei fast gleiche Teile geteilt. Sie hat über achtzigtausend Häuser. Ihre Länge beträgt etwa einhundert Kilometer und ihre Breite etwa achtzig. Ich habe dies nach dem Stadtplan selbst gemessen, den ich zu diesem Zweck auf dem Boden ausbreiten ließ. Ich maß den Durchmesser und den Umfang, indem ich barfuß darauf herumging; dann berechnete ich die Entfernung nach dem Maßstab und erhielt so ziemlich genaue Maße, die ich dann auf meinen Spazierfahrten nachprüfte; dabei konnte ich feststellen, daß meine Berechnungen stimmten.

Für Glumdalclitch und mich wurde eine Kutsche gehalten, in der sie mit mir ausfuhr, um die Stadt und die Kaufläden zu besichtigen. Ich reiste immer in meiner Schachtel. Das Mädchen nahm mich heraus und hielt mich in der Hand, so daß ich die Leute und die Häuser sehen konnte, während wir durch die Straßen fuhren.

Außer der großen Schachtel, in der ich gewöhnlich wohnte, wurde für weitere Reisen zu Pferd noch eine kleinere Schachtel von dreieinhalb Meter im Quadrat und drei Meter Höhe für mich angefertigt. Dies war eine Aufmerksamkeit der Königin, weil die andere Schachtel für Glumdalclitch etwas zu groß und zu schwer war, um sie auf dem Schoß zu halten. Die neue Schachtel hatte drei Fenster, die, um etwaigen Unglücksfällen auf Reisen vorzubeugen, außen mit Eisendraht vergittert waren. An der vierten Seite, die ohne Fenster war, befanden sich zwei starke Ringe. Die Person, die mich trug, zog einen Riemen durch die Ringe und konnte sich so die Schachtel mit mir um den Leib schnallen. Wenn Glumdalclitch keine Zeit hatte, führte mich manchmal ein alter, gesetzter Diener aus, auf den ich mich völlig verlassen konnte. So begleitete ich die fürstlichen Herrschaften auf ihren Reisen und machte vornehmen Damen oder Staatsministern Besuche, denn ich war in den höchsten Kreisen beliebt und geachtet, was ich freilich mehr der Gnade meiner königlichen Gönner als meinen eigenen bescheidenen Verdiensten beimesse. Auf Reisen, wenn ich des Sitzens in der Kutsche müde war, mußte sich ein reitender Diener meine Schachtel umschnallen und diese vor sich auf ein Kissen stellen; so hatte ich aus meinen drei Fenstern volle Aussicht über das Land. Ich besaß ein

Feldbett und eine Hängematte, zwei Stühle und einen Tisch, die auf dem Fußboden mit feinen Schrauben befestigt waren, um nicht durch die Bewegungen des Pferdes oder der Kutsche umgestoßen zu werden.

Da ich gern den Haupttempel des Landes sehen wollte, bat ich eines Tages meine kleine Hüterin, mich hinzuführen. Ich muß aufrichtig gestehen, daß meine Erwartungen nicht erfüllt wurden. Das Gebäude mißt vom Boden bis zur höchsten Spitze nicht weniger als tausend Meter. Dies ist, im Verhältnis zur Körpergröße dieser Menschen, lange nicht so beeindruckend wie die Höhe unserer Kirchtürme. Um jedoch einem Volk, dem ich lebenslang zu Dank verpflichtet bin, nicht Unrecht zu tun, muß ich hinzufügen, daß der Tempel durch seine Schönheit und Konstruktion ersetzt, was ihm an Höhe abgeht. Die Wände sind fast dreißig Meter dick und mit marmornen Statuen von Göttern und Königen geschmückt.

Nun will ich auch gleich das königliche Schloß beschreiben. Es ist kein regelmäßiges, einheitliches Gebäude, sondern besteht aus einer Ansammlung von Häusern, die etwa zwanzig Kilometer im Umfang einnimmt. Die Zimmer sind durchschnittlich achtzig Meter hoch und hundertfünfzig Meter breit. Die königliche Küche ist ein herrlicher Raum, mit gewölbter Decke und hundertachtzig Meter hoch.

Der König hält selten mehr als sechshundert Pferde in seinen Ställen. Die Pferde sind durchschnittlich zwischen sechzehn und achtzehn Meter hoch. Wenn der König bei feierlichen Gelegenheiten ausfährt, wird er stets von einer Leibwache und fünfhundert Berittenen begleitet – das imposanteste Schauspiel, das ich je zu sehen glaubte, bis ich einmal einen Teil der Armee in voller Schlachtordnung sah.

13

Leider setzte mich meine Kleinheit so vielen lächerlichen und unangenehmen Vorfällen aus, daß ich mich nicht glücklich und zufrieden fühlen konnte. Glumdalclitch nahm mich oft in meiner kleinen Schachtel mit in den Schloßgarten, wo sie mich herausholte, damit ich auf dem Rasen auf und ab gehen konnte. Eines Tages war uns der Zwerg in den Park gefolgt. Als wir nebeneinander unter einem Zwergapfelbaum standen, konnte ich es nicht lassen, einige witzige Anspielungen zu machen. Das nahm mir der Zwerg übel und fing an, den Baum zu schütteln, so daß mir die Äpfel, jeder so groß wie ein Faß, um die Ohren polterten. Als ich mich bückte, traf mich einer auf den Rücken, daß ich platt auf die Nase fiel. Ich wurde zum Glück nicht gefährlich verletzt. Dem Zwerg wurde auf meine Bitte verziehen, weil eigentlich ich die Schuld an dem Vorfall trug.

Ein anderes Mal hatte mich Glumdalclitch auf einen weichen Rasenplatz gesetzt, während sie selbst mit ihrer Gouvernante spazierenging. Da fiel plötzlich ein Hagelschauer, wie ich in meinem Leben noch keinen erlebt hatte. Ich wurde zu Boden geworfen, und die Hagelkörner versetzten mir am ganzen Leib derartige Püffe, wie wenn ich mit Ziegelsteinen beworfen würde. Es gelang mir, mich, auf allen vieren kriechend, in einem Thymianbeet in Sicherheit zu bringen, wo ich mich flach auf den Boden legte. Aber ich war am ganzen Körper so zerschlagen, daß ich zehn Tage lang nicht ausgehen konnte.

Ich wußte nicht, ob ich lachen oder mich ärgern sollte, wenn auf diesen Spaziergängen die kleinen Vögel furchtlos bis knapp vor meine Füße hüpften, um Würmer zu suchen. Eine Drossel war so frech, mir ein Stückchen Kuchen aus der Hand zu picken, das Glumdalclitch mir soeben zum Frühstück gereicht hatte. Ich wollte die Drossel verjagen, aber sie drehte sich keck um, hackte nach meinen Fingern und hüpfte dann unverdrossen weiter. Eines Tages aber nahm ich einen dicken Knüppel und traf damit einen zudringlichen Hänfling mit aller Kraft. Der Vogel fiel um, und ich packte ihn mit beiden Händen am Hals und rannte damit triumphierend zu meiner Hüterin. Der Vogel war aber nur betäubt. Er erholte sich sehr bald wieder und fing nun an, mit seinen Flügeln so gewaltig um sich zu schlagen, daß ich schon daran dachte, ihn wieder fliegen zu lassen. Ich mußte ihn auf Armeslänge von mir abhalten, damit er mich nicht mit seinen Krallen packte. Zur rechten Zeit kam mir ein Bedienter zu Hilfe, der dem Vogel den Hals umdrehte. Am folgenden Tag wurde mir der Hänfling auf Befehl der Königin zur Mittagsmahlzeit vorgesetzt. Dieser Vogel war größer als ein Schwan.

Die Damen der Königin luden Glumdalclitch öfters zu sich ein, und ich mußte jedesmal mitkommen. Sie spielten dann mit mir, wie die Kinder bei uns mit ihren Puppen spielen. Mir war dies keineswegs angenehm. Ganz unerträglich war es mir, wenn sie sich parfümierten, denn davon wurde ich fast ohnmächtig. Am unangenehmsten war mir bei diesen Besuchen die unglaublich ungenierte Art, in der sich die jungen Damen vor mir unterhielten. Sie taten wirklich so, als ob ein Wesen wie ich nicht einmal der Beachtung wert sei.

Die Königin ergriff jede Gelegenheit, um mich zu zerstreuen, wenn ich melancholisch war. Einmal fragte sie mich, ob ich mit Segel und Ruder umgehen könne; vielleicht würde ein wenig Rudern meiner Gesundheit zuträglich sein. Ich erwiderte, daß ich darüber froh wäre. Obgleich ich Schiffsarzt war, habe ich doch oft im Notfall mit Hand anlegen müssen wie ein gewöhnlicher Matrose. Ich konnte mir jedoch nicht vorstellen, wie ich diese Fertigkeit hier anwenden könnte, wo der kleinste Kahn so groß ist wie bei uns ein Linienschiff. Auch würde ein Boot, wie ich es zu führen verstand, auf keinem ihrer Flüsse fahren können.

Daraufhin forderte mich die Königin auf, ein Boot zu entwerfen, das ihr Schreiner für mich machen sollte. Dieser Schreiner war ein sehr geschickter Mann und brachte unter meiner Anweisung in zehn Tagen ein ausgezeichnetes Boot zustande. Die Königin war darüber so erfreut, daß sie gleich damit zum König lief. Seine Majestät befahl, man solle mich zur Probe mit dem Boot in einen Brunnentrog setzen. Da fand ich aber viel zuwenig Raum, um meine Ruderkünste zu entfalten. Nun hatte die Königin eine andere Idee. Sie befahl dem Schreiner, einen hölzernen Trog von neunzig Meter Länge, fünfzehn Meter Breite und zweieinhalb Meter Tiefe zu bauen. Dieser Trog wurde in einem Vorraum des Schlosses an die Wand gestellt, so daß er niemandem im Wege stand. Am Boden war ein Hahn angebracht, um das Wasser abzulassen, sobald es faul wurde. Zwei Bediente konnten den Trog mit Leichtigkeit in einer halben Stunde wieder füllen. Hier fuhr ich nun sehr häufig mit meinem Boot herum, sowohl zu meinem eigenen Vergnügen als auch zur Unterhaltung der Königin und ihrer Hofdamen, die oft stundenlang meine Geschicklichkeit bewunderten. Manchmal spannte ich auch meine Segel auf, und dann brauchte ich nur zu steuern, während mir die Damen mit ihren Fächern den Wind zufächelten. Sobald sie müde wurden, mußten sich ein paar Pagen hinstellen und blasen. Nach Schluß der Vorstellung trug Glumdalclitch das Boot wieder in ihr Zimmer.

Einmal ereignete sich ein Unfall, der mich fast das Leben gekostet hätte. Ein Page hatte das Boot zu Wasser gelassen, und die Gouvernante hob mich auf, um mich hineinzusetzen. Unseligerweise glitt ich ihr durch die Finger und würde aus zwölf Meter Höhe auf den Steinboden niedergefallen sein, wäre ich nicht zu meinem Glück an einer Brosche hängengeblieben, die in dem Brusttuch der Dame steckte. Die Nadel fuhr mir zwischen Hemd und Hosenträger hindurch, und so schwebte ich festgespießt hoch oben in der Luft, bis Glumdalclitch mich endlich erlöste.

Ein andermal war durch die Fahrlässigkeit eines Bedienten, der alle drei Tage meinen Trog mit Wasser füllen mußte, ein ungeheurer Frosch mit hineingeraten. Er verhielt sich ganz still, bis ich in das Boot gestiegen war. Dann klomm er daran hoch und kippte dabei das Boot auf die eine Seite, so daß ich mich mit aller Gewalt auf die andere lehnen mußte, damit es nicht umstürzte. Als der Frosch im Boot war, hüpfte er über meinen Kopf hinweg und bespritzte dabei mein Gesicht und meine Kleider mit seinem ekelhaften Schleim; ich habe in meinem Leben kein scheußlicheres Tier als dieses gesehen. Ich winkte jedoch Glumdalclitch, mich allein mit ihm fertig werden zu lasen. Ich stieß ihn eine Weile mit meinem Ruder und zwang ihn, das Boot wieder zu verlassen.

In die größte Gefahr aber, die ich in diesem Land bestehen mußte, geriet ich durch einen Affen. Glumdalclitch hatte mich in ihrem Zimmer eingeschlossen und war ausgegangen. Das Wetter war sehr warm. Das Fenster des Zimmers sowie Fenster und Tür meiner Schachtel standen offen. Ich saß sinnend an meinem Tisch, als ich

etwas in das Zimmer plumpsen hörte. Erschrocken spähte ich hinaus, ohne mich jedoch von der Stelle zu bewegen. Da sah ich einen Affen im Zimmer umherspringen. Er musterte alles neugierig, bis er an meine Schachtel geriet, die jetzt seine ganze Aufmerksamkeit fesselte. Grinsend nahm er sie in seine Hand, prüfte Tür und Fenster und schien sich sehr über diesen Fund zu freuen. Ich zog mich in den fernsten Winkel zurück, aber das Gesicht des Affen, der durch die Fenster hereinglotzte, beraubte mich aller Geistesgegenwart, so daß ich vergaß, mich unter dem Bett zu verstecken, was ich leicht hätte tun können. Endlich, nachdem er eine Weile geschaut, gegrinst und geschnattert hatte, erblickte er mich und streckte seine Hand zur Türe herein wie eine Katze, wenn sie mit einer Maus spielt. Obwohl ich ängstlich hin und her lief, um ihm zu entwischen, packte er mich doch am Rockzipfel und zerrte mich hinaus. Er nahm mich in seine rechte Hand. Als ich Miene machte, mich zu wehren, drückte er mich so fest, daß ich es für das beste hielt, mich in mein Schicksal zu ergeben. Wahrscheinlich hielt er mich für einen jungen Verwandten, denn er wurde jetzt sehr zärtlich und streichelte mir mit der anderen Hand leise über das Gesicht. Plötzlich wurde er in seinem Spiel gestört: Jemand öffnete die Tür – der Affe sprang hastig zum Fenster hinaus und kletterte an der Dachrinne hinauf, wobei er mich mit einer Hand festhielt, bis er das Dach erreichte. Ich hörte Glumdalclitch aufkreischen. Dann geriet das ganze Schloß in Aufruhr. Die Diener rannten, um Leitern zu holen, und Hunderte standen im Hof und beobachteten den Affen, der sich behaglich auf einen vorstehenden Giebel gesetzt hatte. Er hielt mich wie ein Wickelkind und fütterte mich mit Speiseresten, die er aus seiner Backentasche hervorholte. Wenn ich nicht essen wollte, schlug er mich. Mehrere Zuschauer konnten dabei das Lachen nicht verbergen. Im Grunde konnte ich es ihnen auch nicht verdenken, denn der Anblick mußte für jeden, außer für mich, lächerlich genug sein. Einige warfen Steine herauf, um den Affen zu vertreiben. Dies wurde aber verboten, da man dadurch mich selbst der größten Gefahr aussetzte.
Hierauf wurden Leitern auf das Dach gelehnt, und mehrere Männer stiegen herauf. Als dies der Affe sah, ließ er mich fallen und

machte sich aus dem Staub. Da saß ich fünfhundert Meter über dem Boden und erwartete, jeden Augenblick vom Wind hinabgeweht zu werden oder, vom Schwindel erfaßt, das steile Dach hinabzurollen. Ich schloß die Augen, um nicht in die Tiefe sehen zu müssen, und klammerte mich mit letzter Kraft an einen Vorsprung an. Da fühlte ich mich von rettender Hand erfaßt. Es war einer der Bedienten, der mich in seine Tasche steckte und glücklich mit mir zur Erde niederstieg.

Ich war halb erstickt von den schmutzigen Brocken, mit denen mir der Affe die Kehle vollgestopft hatte. Meine kleine Hüterin versuchte das Zeug mit einer kleinen Nadel wieder herauszuholen. Schließlich schaffte mir ein heftiges Erbrechen Erleichterung. Ich war aber so schwach, daß ich vierzehn Tage das Bett hüten mußte. Der König, die Königin und der ganze Hof erkundigten sich täglich nach meinem Befinden, und die Königin besuchte mich mehrere Male in höchsteigener Person. Der Affe wurde erschossen und ein Befehl erlassen, daß in Zukunft kein solches Tier mehr im Schloß geduldet werden dürfe.

Nach meiner Genesung stattete ich dem König einen Besuch ab, um ihm für seine Gnadenbezeigungen zu danken. Der König erkundigte sich scherzweise nach dem bestandenen Abenteuer. Er fragte mich, wie mir die Gerichte, mit denen mich der Affe gefüttert habe, geschmeckt hätten und wie ich in der gleichen Lage in meinem Vaterland gehandelt haben würde. Ich antwortete, in Europa hätten wir überhaupt keine Affen außer in Tiergärten, und die würden aus anderen Ländern dorthin gebracht. Diese Affen seien aber so klein, daß ich mit einem halben Dutzend von ihnen fertig würde, wenn sie mich angriffen. Was dagegen das riesige Ungeheuer beträfe, mit dem ich kürzlich zu tun hatte – es war in der Tat nicht kleiner als ein Elefant –, so hätte mich nur meine augenblickliche Bestürzung unfähig gemacht, von meinem Hirschfänger Gebrauch zu machen. Ich sprach mit dem festen Ton eines Mannes, der sich verletzt fühlt, seinen Mut in Zweifel gezogen zu sehen. Dennoch mußte ich feststellen, daß meine Worte keine andere Wirkung hervorbrachten als ein ohrenbetäubendes Gelächter aller Anwesenden. Ich machte dabei die Beobachtung, wie vergeb-

lich es ist, sich unter Personen ein Ansehen geben zu wollen, die mit uns in gar keinem Größenverhältnis stehen.
Jeden Tag lieferte ich jetzt dem Hof irgendeinen Stoff zur Heiterkeit, und selbst Glumdalclitch, die mich zärtlich liebte, war schadenfroh genug, der Königin alles zu hinterbringen, was sie zum Lachen bringen könnte. Das Mädchen kränkelte und sollte deshalb in Begleitung der Gouvernante einige Stunden außerhalb der Stadt die Landluft genießen. Unterwegs stiegen sie bei einem Feld aus, und Glumdalclitch setzte meine Reiseschachtel auf den Boden, um ein wenig herumzuspazieren. Auf dem Weg lag ein Haufen Kuhmist, und ich konnte der Versuchung nicht widerstehen, über den Haufen hinwegzuspringen und dadurch meine Geschicklichkeit an den Tag zu legen. Ich nahm einen Anlauf, sprang aber zu kurz und plumpste bis über die Knie mitten in den Kuhmist hinein. Nicht ohne Mühe arbeitete ich mich wieder heraus. Einer der Lakaien wischte mich mit seinem Taschentuch so gut wie möglich ab. Trotzdem sah ich fürchterlich aus und mußte bis zu unserer Rückkehr in meiner Schachtel bleiben. Die Königin wurde gleich von dem Geschehen in Kenntnis gesetzt, und auch der Lakai verfehlte nicht, die Geschichte in den unteren Kreisen zu verbreiten, so daß ich mich einige Tage nicht im Schloß blicken lassen konnte.

14

Der König war ein großer Musikfreund und veranstaltete gern Konzerte, denen ich öfter in meiner Schachtel beiwohnte. Das Getöse war jedoch für mich so stark, daß ich kaum die einzelnen Melodien heraushören konnte. Ich hatte daher die Gewohnheit, meine Schachtel so entfernt wie möglich vom Orchester aufstellen zu lassen, schloß Tür und Fenster, ließ die Vorhänge herab und fand dann die Musik nicht unangenehm.
Ich hatte in meiner Jugend ein wenig gelernt, das Spinett zu spielen. Glumdalclitch hatte ein Instrument in ihrem Zimmer, und wöchentlich zweimal erschien ein Lehrer, um ihr Unterricht zu erteilen. Ich nenne dieses Instrument Spinett, weil es einem solchen

glich und ebenso gespielt wurde. Nun kam ich auf den Einfall, den königlichen Herrschaften eine Probe englischer Musik zu geben. Es war dies keine leichte Aufgabe, denn das Spinett war achtzehn Meter lang und jede Taste ungefähr dreißig Zentimeter breit, so daß ich mit ausgestreckten Armen nur sechs Tasten greifen konnte. Außerdem war jedesmal ein heftiger Faustschlag erforderlich, um nur eine Taste niederzudrücken. Das Mittel, das ich mir ausdachte, war folgendes: Ich nahm zwei runde Stäbe, ungefähr von der Größe eines handfesten Knüppels. Sie waren an einem Ende dikker als am anderen. Ich überzog sie an dem dicken Ende mit Mausfell, um die Tasten nicht zu beschädigen und einen weichen Anschlag zustande zu bringen. Vor dem Instrument, etwa einen Meter unter den Tasten, wurde eine Bank aufgestellt, die ich bestieg. Nun begann ich mit meinen beiden Stäben auf die Tasten loszuprügeln, wobei es nur darauf ankam, schnell genug von einer Seite zur anderen hin und her zu springen, um die richtigen Tasten zu treffen. Ich hatte vorher fleißig geübt und brachte auf diese Weise eine Gigue zur Aufführung. Meine königlichen Zuhörer waren sehr befriedigt. Es war aber die anstrengendste Arbeit, die ich je in meinem Leben geleistet habe, und als ich geendet hatte, hatte ich meine Kleider gänzlich durchgeschwitzt. Leider konnte ich trotz aller Anstrengungen nicht mehr als sechzehn Tasten erreichen. Es fehlte also die Begleitung des Basses – jedenfalls ein großer Nachteil meiner musikalischen Darbietung.

Der König ließ mich oft in meiner Schachtel in sein Zimmer tragen, um mit mir zu reden. Er saß an seinem Schreibtisch, und ich wurde vor ihn hingestellt. Nun mußte ich mich auf meinen Stuhl in die Ecke des Schreibtisches setzen; so befand ich mich ungefähr in gleicher Höhe mit seinem Gesicht. Auf diese Weise hatte ich mehrere Unterredungen mit Seiner Majestät.

Bei einer dieser Aussprachen nahm ich mir die Freiheit, Seiner Majestät zu erklären, daß mir die Verachtung, die er für Europa und die übrigen Teile der Welt hege, mit seinen vortrefflichen Geistesgaben durchaus nicht vereinbar schiene. Der Verstand wüchse nicht mit der Masse des Körpers. Wir glaubten in unserem Land bei riesenhaften Menschen gerade das Gegenteil zu bemerken. Unter den Tieren zum Beispiel seien die Bienen und die Ameisen als fleißiger, klüger und geschickter bekannt als andere, viel größere Gattungen; für wie unbedeutend mich Seine Majestät auch ansehen möge, so hoffe ich doch noch Gelegenheit zu erhalten, ihn von meiner Nützlichkeit zu überzeugen.

Der König hörte mir aufmerksam zu, ließ mich meine wohlüberlegte Rede zu Ende führen, und ich bemerkte, daß ich in seiner Achtung stieg. Nach einigem Nachdenken bat er mich, ihm über die Regierung in England genau Auskunft zu geben. Sosehr auch die Fürsten gewöhnlich von der Richtigkeit ihrer Art des Regierens überzeugt seien, wünsche er doch etwas zu erfahren, was vielleicht der Nachahmung wert sei.

Ich begann also zu erklären, daß unser Land aus zwei Inseln und drei mächtigen Königreichen bestehe, die alle, ebenso wie unsere Kolonien in Amerika, einem einzigen König unterständen. Ich hob die Fruchtbarkeit unseres Bodens und die Milde unseres Klimas hervor. Dann sprach ich ausführlich über das englische Parlament. Dieses werde von zwei Kammern gebildet, von denen eine das House of Peers genannt werde, bestehend aus Personen von adeliger Abstammung und mit herrlichen, alten angestammten Besitztümern. Nun schilderte ich, mit welcher weisen Sorgfalt über ihre Erziehung gewacht wird, wie sie in den Künsten und Waffen unterrichtet und herangebildet werden, um einst dem König und dem Vaterland zu dienen, um die Gesetzgebung zu leiten, um den Obersten Gerichtshof zu bilden, um durch ihre Tapferkeit, Klugheit und Treue die Verteidiger ihres Fürsten und ihres Landes zu sein. Sie seien würdige Nachfolger ihrer glorreichen Ahnen, deren Titel sich in direkter Linie auf ihre Nachkommen vererbt haben. Zu den Aristokraten kämen noch Vertreter aus dem geistlichen Stand, Bischöfe, deren Aufgabe in der Wahrung religiöser Interessen bestünde.

Die zweite Kammer des Parlamentes bilde eine Versammlung, das House of Commons, bestehend aus den Besten der Nation, frei vom Volk gewählt wegen ihrer Talente und ihrer Vaterlandsliebe, um die Weisheit der ganzen Nation zu repräsentieren. Die beiden Kammern zusammengenommen seien die ehrwürdigste Versamm-

lung Europas und bildeten in Gemeinschaft mit dem König das Parlament, dem die ganze Gesetzgebung anvertraut sei.
Hierauf ging ich zu den Gerichtshöfen über, bei denen die Richter, diese ehrwürdigen Ausleger des Gesetzes, den Vorsitz führen, um über strittiges Recht und Eigentum zu entscheiden, um Verbrechen zu bestrafen und die Untertanen vor Unrecht zu schützen. Ich gedachte der weisen Verwaltung unserer Schatzkammer und erzählte, wie oft unsere Armee schon zu Wasser und zu Land siegreich gewesen war. Ich überschlug die Zahl unserer Bevölkerung, indem ich zusammenrechnete, wie viele Millionen stark jede unserer religiösen Sekten und politischen Parteien sei. Ich schloß mit einem Überblick der historischen Begebenheiten in England.
Diese Schilderungen bedurften nicht weniger als fünf Audienzen, deren jede mehrere Stunden dauerte. Der König hörte sich alles mit großer Aufmerksamkeit an. Häufig notierte er sich das, was ich sagte, um später noch einmal darauf zurückzukommen.
Nachdem ich meine Vorträge beendet hatte, zog der König in der sechsten Audienz sein Notizbuch hervor und legte mir fast zu jedem einzelnen Punkt seine Fragen, Zweifel und Einwürfe vor. So mußte ich Auskunft geben, auf welche Weise denn die leibliche und geistige Ausbildung unseres jungen Adels erzielt würde und mit welchen Beschäftigungen die jungen Herren den ersten, bildungsfähigsten Teil ihres Lebens verbrächten. Auf welche Weise sich jene edle Versammlung ergänze, wenn ein adeliges Geschlecht aussterbe. Welche Fähigkeiten bei der Auswahl der neu zu ernennenden Lords entschieden. Ob nicht die Laune des Fürsten oder die Geldsumme, die einer Hofdame oder einem Minister überreicht würde, dabei hin und wieder ein Wort mitsprächen? Welche Kenntnisse von den Gesetzen des Landes diese Lords besäßen und auf welche Art sie diese erwürben, um über die Rechte ihrer Mitmenschen in letzter Berufung entscheiden zu können. Ob sie immer so hoch über Habsucht und Parteilichkeit stünden, daß Bestechung und unlautere Absichten bei ihnen nicht zu erwarten seien? Dann mußte ich berichten, wie es bei den Wahlen ins House of Commons eigentlich zuginge. Ob nicht einer mit einem dicken Beutel sich beliebt genug machen könnte, um den tüchtigsten

Männern vorgezogen zu werden? Wie es käme, daß alle Welt so eifrig ins Parlament zu kommen strebe, da doch die Geschäfte und Kosten eines solchen Amtes so lästig und drückend seien? Ein solches Opfer aus reinem Eifer für die gute Sache, ohne die Aussicht auf einige Vorteile, schien nämlich Seiner Majestät eine so ungeheure Tugend und Vaterlandsliebe vorauszusetzen, daß er nicht daran glauben wollte. Dann verlangte er noch zu wissen, ob diese Herren nicht irgendeine Aussicht hätten, für ihre Opfer und Mühen bezahlt zu werden, wenn sie etwa das öffentliche Gut einem lasterhaften Fürsten oder einem verderbten Ministerium in die Hände spielten.

Über unsere Gerichtshöfe verlangte der König ebenfalls nähere Auskunft. Hier konnte ich Seiner Majestät besser antworten, denn ich selbst hatte einmal einen langen Prozeß beim Gerichtshof des Lordkanzlers geführt, bei dem ich beinahe zugrunde ging und am Ende die Kosten bezahlen mußte.

Als ich von unseren Vergnügungen erzählte, erwähnte ich auch das Kartenspiel. Hier fragte der König mit großem Interesse, in welchem Alter unsere Herren damit begännen, wieviel Zeit sie darauf verwendeten, ob sie dabei ihr Vermögen in Gefahr brächten, ob nicht lasterhafte Menschen durch ihre Geschicklichkeit in dieser Kunst große Reichtümer erwerben könnten.

Völlig außer sich war der König über den historischen Überblick, den ich über die Begebenheiten des verflossenen Jahrhunderts gab. Er war entsetzt über die vielen Verschwörungen, Rebellionen, Morde, Revolutionen und über andere Ereignisse, die unser Land in dieser Zeit bewegt hatten.

In der folgenden Audienz wiederholte der König kurz alles, was ich ihm gesagt, nebst den Fragen, die er gestellt, und den Antworten, die ich darauf gegeben hatte, noch einmal. Hierauf nahm er mich in seine Hand, streichelte mich sanft und sagte folgende Worte, die mir ewig unvergeßlich sein werden: »Mein kleiner Freund Grildrig, du hast eine bewundernswerte Lobeshymne auf dein Vaterland gehalten. Du hast klar bewiesen, daß Unwissenheit und Laster die Eigenschaften sind, die den Gesetzgeber qualifizieren, und daß die Gesetze von niemandem besser ausgelegt und an-

gewandt werden als von jenen, die am geschicktesten sind, sie zu verdrehen, zu verwirren und zu verhöhnen. Manche eurer Einrichtungen mögen in ihrem Ursprung gut gewesen sein, aber dies wurde von Korruption überwuchert. Von allem, was du gesagt hast, deutet nichts darauf hin, daß zu einem Amt bei euch irgendeine Vollkommenheit erforderlich sei, daß die Priester wegen ihrer Frömmigkeit, die Soldaten wegen ihrer Tapferkeit und Disziplin, die Richter wegen ihrer Unbescholtenheit und die Räte wegen ihrer Weisheit geschätzt und belohnt würden. Was dich betrifft, so hast du den größten Teil deines Lebens auf Reisen zugebracht, und ich hoffe, daß du dich daher von vielen Lastern deines Land freigehalten hast.
Nach dem aber, was ich aus deinen Berichten und Antworten, die ich dir nicht ohne Mühe durch meine Fragen entlockt habe, schließen kann, muß ich annehmen, daß deine lieben Landsleute die bösartigste Sorte kleinen giftigen Ungeziefers sind, die die geduldige Erde jemals auf sich herumkriechen ließ.«
Man muß einem König vieles verzeihen, der von der ganzen übrigen Welt abgeschlossen lebt und dem daher ein weltmännischer Blick für die Verhältnisse versagt ist.

15

Um mich beim König in Gunst zu setzen, erzählte ich ihm von einer Erfindung, die man bei uns vor vierhundert Jahren gemacht hatte. Es handle sich um ein Pulver, das, wenn der kleinste Feuerfunke hineinfiele, sich im Augenblick entzünde und unter einem ungeheuren, donnerähnlichen Krachen in die Luft fliege. Wenn man ein wenig von diesem Pulver in eine hohle Röhre von Eisen oder Messing fülle, so könne man damit eine Kugel mit größter Kraft und Schnelligkeit abschießen; diese Kugeln könnten nicht nur ganze Schlachtreihen auf einmal zu Boden strecken, sondern selbst die stärksten Mauern zerschmettern und große Schiffe versenken. Die Bestandteile dieses Pulvers seien mir bekannt, so wie auch die Art ihrer Zusammensetzung. Wenn es der König wünsche, würde ich einigen Arbeitern Anweisungen geben, die metallenen Röhren in entsprechender Größe anzufertigen. Zwanzig bis dreißig solcher Röhren, mit einer gehörigen Ladung Pulver und Kugeln versehen, würden imstande sein, in wenigen Stunden die Mauern der stärksten Stadt des Reiches zu zerschmettern oder die ganze Hauptstadt zu zerstören, wenn sie jemals Miene machen sollte, sich den landesväterlichen Geboten Seiner Majestät zu widersetzen. Ich ergriff freudig diese Gelegenheit, dem König meine Dienste anzubieten als einen geringen Teil meiner Verehrung und Dankbarkeit.

Der König schauderte bei meiner Beschreibung und meinem Vorschlag. »Wie ist es nur möglich?« rief er, »daß ein so kleines, kriechendes Insekt wie du eine solche Fülle von unmenschlichen Gedanken haben kann? Mit welchem Gleichmut kannst du all die Szenen von Blut und Entsetzen, die schauerlichen Wirkungen jener höllischen Maschinen schildern, die nur die Erfindung eines bösen, der Menschheit feindlichen Dämons sein kann?« Und nun erklärte er, so sehr er auch neue Entdeckungen im Reiche der Kunst und der Natur schätze, lieber sein halbes Reich verlieren zu wollen, als sich in ein so schreckliches Geheimnis einweihen zu lassen.

Fürwahr ein seltener Fall von Engherzigkeit und Kurzsichtigkeit! Ein Fürst, begabt mit allen Eigenschaften, die ihm unsere Verehrung und Hochachtung sichern, voll Charakterstärke und Weisheit, mit bewundernswürdigen Talenten für alle Fragen der Verwaltung, angebetet von seinen Untertanen, läßt sich wegen unangebrachter Bedenken, von denen wir Europäer uns keine Vorstellung machen können, eine Möglichkeit entgehen, die ihn zum unumschränkten Herren über seine Völker gemacht hätte. Ich sage dies nicht in der Absicht, die zahlreichen Vorzüge des Königs herabzusetzen; ich bin vielmehr überzeugt, daß es eine Folge der Rückständigkeit dieser Menschen ist, bei denen die Politik noch keine Wissenschaft ist. Ich entsinne mich, eines Tages in einer Unterhaltung dem König gegenüber geäußert zu haben, bei uns seien mehrere tausend Bücher über die Kunst des Regierens geschrieben worden. Dies veranlaßte ihn, ganz im Gegensatz zu meiner Meinung, in geringschätziger Weise über unsere Intelligenz zu sprechen. Er verabscheue und verachte, wie er betonte, jede Geheimnistuerei und Intrige von seiten der Fürsten und der Staatsmänner. Unter dem Begriff Staatsgeheimnis vermochte er sich nichts vorzustellen. Die Kunst des Regierens umschrieb er mit den engen Grenzen des gesunden Menschenverstandes, der Gerechtigkeit und der Milde.

Es interessierte mich zu erfahren, was diesen Fürsten, dessen Land von außen her völlig unzugänglich ist, dazu veranlaßte, ein Heer zu unterhalten und sein Volk militärisch auszubilden. Ich kam bei unseren Gesprächen und bei der Lektüre der Geschichtswerke der Sache bald auf den Grund. Dieses Volk hatte im Laufe der Jahrhunderte unter den gleichen Schwierigkeiten wie die übrige Menschheit leiden müssen. Der Adel strebte nach Macht, das Volk nach Freiheit und der Monarch nach unumschränkter Herrschaft. Wenn auch alle drei Machtgruppen durch ihre Landesgesetze in ihren Ansprüchen beschränkt wurden, so waren doch Übergriffe, die zu Bürgerkriegen führten, nicht zu vermeiden. Der letzte wurde durch den Großvater des jetzigen regierenden Königs mit einem allgemeinen Übereinkommen beendet. Damals war nach gemeinsamer Übereinstimmung jenes Heer gebildet worden, das seitdem die strenge Ordnung aufrecht hielt.

16

Es ereignete sich nichts, was mir die Hoffnung auf Heimkehr gegeben hätte. Trotzdem verließ mich nicht das Gefühl, daß ich bald meine Freiheit wiedererhalten würde. Das Schiff, das mich hergeführt hatte, war das erste, das jemals an dieser Küste gesehen worden war, und der König hatte ausdrücklich Befehl gegeben, jedes andere, das sich blicken ließ, an Land zu holen und mit der ganzen Besatzung in die Hauptstadt zu bringen.

Er hätte mir gern eine Frau meiner Größe gegeben, um meine Rasse fortzupflanzen. Aber ich wäre lieber gestorben, als mich der Schmach zu unterziehen, eine Nachkommenschaft in die Welt zu setzen, die wie zahme Kanarienvögel in Käfigen gehalten und als Kuriosität an die reichen Leute verkauft würde, die sich über uns amüsieren wollten. Ich wurde zwar mit großer Güte behandelt, aber meine Lebensumstände waren mit Menschenwürde nicht vereinbar. Auch konnte ich meine lieben Angehörigen in England nicht vergessen. Ich hatte das Bedürfnis, mit Menschen meinesgleichen zu verkehren, mit denen ich durch die Straßen und über die Felder gehen konnte, ohne befürchten zu müssen, wie ein Frosch oder ein junger Hund totgetreten zu werden. Aber meine Befreiung kam schneller, als ich erwartete, und auf eine nicht ganz alltägliche Weise.

Ich war nun bereits zwei Jahre in diesem Land. Eines Tages begleiteten Glumdalclitch und ich den König und die Königin auf einer Besichtigungsreise an die Südküste des Landes. Ich wurde wie gewöhnlich in meinem Reisekabinett getragen. Ich hatte mir eine Hängematte an seidenen Schnüren aufhängen lassen, um die Erschütterungen zu dämpfen, wenn ich, wie ich es öfters wünschte, von einem Diener zu Pferd transportiert wurde. In dieser Hängematte konnte ich auf der Reise schlafen. In die Decke des Zimmers hatte der Tischler nach meinen Anweisungen ein Loch gemacht, um bei heißem Wetter frische Luft einzulassen. Das Loch war mit einem Schieber versehen, so daß ich es nach Belieben öffnen und schließen konnte.

Nachdem wir das Ziel der Reise erreicht hatten, beschloß der König, einige Tage in seinem Lustschloß in der Nähe der Küste zu verbringen. Ich sehnte mich danach, den Ozean zu sehen, war er doch der einzige Weg, der, sollte sich jemals die Gelegenheit ergeben, mich in die Freiheit führen konnte. Ich gab vor, mich nicht wohl zu fühlen und bat, an die frische Seeluft gebracht zu werden. Niemals werde ich vergessen, wie sehr sich Glumdalclitch diesem Wunsch widersetzte und wie strenge Anweisungen sie dem Pagen gab, der mich an den Strand bringen sollte. Gleichzeitig brach sie in Tränen aus, so als fühlte sie bereits die kommenden Geschehnisse voraus. Ich begab mich also in Begleitung des Pagen an die Küste. Der Jüngling setzte meine Schachtel am Strand nieder, und ich blickte sehnsüchtig aufs Meer hinaus. Der Page, der keine Gefahr vermutete, entfernte sich, um Vogeleier zu suchen, dann fiel ich in tiefen Schlaf.

Plötzlich fühlte ich mich hoch in die Luft emporgehoben und dann mit großer Geschwindigkeit vorwärtsgetragen. Die erste Erschütterung hatte mich aus meiner Hängematte hinausgeworfen, aber dann war die Bewegung ganz sanft. Ich schrie mehrere Male aus Leibeskräften, doch vergebens. Dann schaute ich durch mein Fenster, sah aber nichts als Wolken und Himmel. Über meinem Kopf hörte ich ein Geräusch wie Flügelschlagen. Jetzt wurde mir klar, in welcher Lage ich mich befand. Ein Adler hatte den Ring meines Kastens mit dem Schnabel ergriffen und würde ihn auf einen Felsen fallen lassen, um mich dann aus den Scherben aufzupicken und zu verzehren.

Bald darauf bemerkte ich, wie sich das Flügelschlagen verstärkte. Mein Kasten schwankte wie eine Wetterfahne an einem windigen Tag hin und her. Ich hörte, wie mein Adler – denn für einen solchen mußte ich den Vogel halten, der den Ring meines Kastens im Schnabel hielt – eine Anzahl Püffe und Stöße davontrug. Dann fühlte ich mich plötzlich eine Minute lang mit einer solchen Geschwindigkeit hinabfallen, daß mir fast der Atem verging. Der Fall endete in einem furchtbaren Brausen, das mir lauter als das der Niagarafälle in den Ohren klang. Eine Minute lang befand ich mich im Dunkeln, worauf mein Kasten wieder so hoch stieg, daß durch den Oberteil der Fenster Licht hereindrang. Jetzt wurde mir klar, daß ich ins Meer gefallen war. Ich nehme an, daß der Adler, der mit meinem Kasten davongeflogen war, von zwei oder drei anderen verfolgt wurde, die ihm seine Beute abzujagen versuchten. Während er sich gegen ihre Angriffe zur Wehr setzte, mußte er mich fallen lassen. Die sehr starken Eisenplatten am Boden des Kastens hielten diesen im Gleichgewicht und schützten ihn beim Aufschlagen auf die Wasseroberfläche. Zum Glück war meine Kabine durchaus dicht, und es drang nur wenig Wasser ein.

Als ich so dahintrieb, hörte ich ein schabendes Geräusch an der Seite des Kastens, an dem sich die Ringe befanden, und etwas später bildete ich mir ein, der Kasten werde vorwärts geschleppt. Hin und wieder spürte ich einen Ruck, und die Wellen schäumten so hoch an meinem Fenster auf, daß ich im Dunkeln saß. Das erweckte in mir einen schwachen Hoffnungsfunken, wenn ich mir auch nicht vorstellen konnte, was zu meiner Rettung geschehen sollte. Ich beugte mich also bei einem Fenster hinaus und schrie in allen mir bekannten Sprachen laut um Hilfe. Gleichzeitig schwenkte ich mein Taschentuch hin und her. Wenn sich ein Schiff in der Nähe befand, so konnten die Seeleute sehen, daß sich ein unglücklicher Mensch in diesem Kasten befand.

Ich sah nicht, daß jemand auf meine Bemühungen reagierte, fühlte aber, wie sich mein Kabinett weiter vorwärts bewegte. Nach etwa einer Stunde stieß ich auf etwas Hartes. Es schien mir ein Felsen zu sein, denn ich erhielt einen besonders heftigen Stoß. Ich hörte ein deutliches Geräusch wie von einem Tau, das durch einen Ring gezogen wird. Dann fühlte ich, wie ich gehoben wurde. Ich schrie um Hilfe, bis ich fast heiser war, und vernahm als Antwort dreimal hintereinander lautes Geschrei. Man kann sich meine Freude nicht vorstellen. Dann hörte ich jemanden über meinem Kopf herumtrampeln und auf englisch mit lauter Stimme durch die Öffnung hereinrufen, wenn da unten jemand sei, so solle er es sagen. Ich erwiderte, ich sei Engländer, und bat flehentlich, mich aus diesem Gefängnis zu befreien. Die Stimme erwiderte, ich sei in Sicherheit, denn mein Kasten sei an ihrem Schiff fest vertäut. Gleich komme ein Zimmermann und werde ein Loch in den Deckel sägen, groß genug, um mich herauszuholen. Ich antwortete, das sei nicht notwendig und zu umständlich. Einer von der Besatzung solle seine Finger durch den Ring stecken und den Kasten aus dem Wasser an Bord heben und in die Kapitänskajüte bringen. Als sie mich so reden hörten, glaubten die einen, ich sei verrückt, die anderen lachten über mich. Es war mir tatsächlich noch nicht zu Bewußtsein gekommen, daß ich wieder unter Menschen meiner Größe und Körperkräfte war. Der Zimmermann erschien und sägte in wenigen Minuten einen Durchschlupf aus. Durch dieses Loch ließ er eine kleine Leiter herab, auf der ich hinaufstieg und völlig erschöpft an Bord des Schiffes genommen wurde.

Die Matrosen waren höchst erstaunt und bestürmten mich mit tausend Fragen, aber ich war nicht in der Stimmung, darauf einzugehen. Auch war ich über all diese Zwerge überrascht, denn dafür hielt ich sie, nachdem mein Auge so lange riesenhafte Menschen und Gegenstände gewöhnt war. Der Kapitän, Mister Thomas Wilcocks, ein ehrenwerter Mann, sah, wie erschöpft ich war, und nahm mich mit in seine Kajüte. Dort reichte er mir einen Likör zur Stärkung und bot mir sein eigenes Bett an, auf das ich mich zu einem kleinen Schlummer ausstrecken sollte. Ehe ich mich niederlegte, bat ich den Kapitän, meinen Kasten an Bord bringen zu lassen, da sich darin eine wertvolle Einrichtung befände. Als der Kapitän dies hörte, hielt er mich zwar für irre, traf aber doch entsprechende Anordnungen. Er ging an Deck und schickte einige Leute hinunter, die, wie ich später feststellte, alles aus dem Kasten herausholten und die Polsterung von den Wänden rissen. Dabei beschädigten sie durch ihre Unvernunft die Einrichtung schwer. Nachdem sie noch einige Bretter, die sie auf dem Schiff gebrauchen konnten, losgerissen hatten, versenkten sie den Rest. Ich war froh, diese Verwüstung nicht mit angesehen zu haben; dies würde mich gewiß schmerzlich berührt und Erinnerungen in mir geweckt haben, an die ich lieber nicht mehr denken wollte.

Ich schlief mehrere Stunden lang und wurde dabei fortwährend von Träumen beunruhigt, die mir das Land, das ich verlassen hatte, und die Gefahren, denen ich entronnen war, vor Augen führten. Trotzdem fühlte ich mich beim Erwachen sehr wohl. Es war acht Uhr abends, und der Kapitän ließ sofort das Abendessen auftragen, denn er war überzeugt, daß ich schon zu lange gefastet hatte. Er bewirtete mich mit großer Freundlichkeit und stellte fest, daß ich nicht mehr so wild um mich blickte und so wirres Zeug redete. Als wir allein zusammensaßen, bat er mich, ihm von meinen Reisen zu berichten und zu erzählen, wie ich in dieser riesigen Holzkiste ins Meer geraten sei. Er sagte, er habe sie gegen zwölf Uhr mittags durch sein Glas erblickt. Zuerst habe er angenommen, es sei ein Schiff, und habe darauf zugehalten, weil er damit nur wenig von seinem Kurs abgewichen sei. Er habe gehofft, etwas Zwieback kaufen zu können, da der seine knapp geworden sei. Als er dann näher kam, habe er seinen Irrtum erkannt und sein Beiboot ausgesetzt, um der Sache auf den Grund zu gehen. Seine Leute seien er-

schreckt zurückgekommen und hätte geschworen, es sei ein schwimmendes Haus. Er habe sie wegen ihrer Verrücktheit ausgelacht und ihnen befohlen, ein starkes Tau mitzunehmen. Dann sei er selbst mit ins Boot gestiegen. Er war über das Aussehen meiner Kiste so erstaunt, daß er befahl, sie zum Schiff zu schleppen. Dann versuchten sie, die Kiste an Bord zu ziehen, was ihnen aber nicht gelang. Ich erkundigte mich, ob sie irgendwelche riesige Vögel in der Luft gesehen hätten. Darauf entgegnete er, während ich schlief, habe er sich mit den Matrosen unterhalten. Einer von ihnen habe behauptet, er habe drei Adler gesehen, die nach Norden flogen; daß sie größer gewesen seien als gewöhnlich, habe er nicht bemerkt. Dies war aber, wie ich annahm, auf die große Entfernung zurückzuführen.
Ferner fragte ich den Kapitän, wie weit wir nach seiner Berechnung vom Land entfernt seien. Er meinte, wir hätten wenigstens noch hundert Seemeilen vor uns. Nun versicherte ich ihm, ich hätte das Land, woher ich käme, kaum zwei Stunden, ehe ich ins Wasser gefallen sei, verlassen; seine Berechnung müsse also falsch sein. Dies brachte ihn jedoch erneut auf den Gedanken, es könne in meinem Gehirn nicht ganz richtig sein. Er gab mir dies höflich zu verstehen und riet mir, mich in einer Koje, die für mich bereitgemacht worden sei, zu Bett zu begeben. Aber ich versicherte ihm, ich sei durch seine Gesellschaft und gute Unterhaltung wieder völlig munter geworden; übrigens sei ich so gut bei Verstand wie niemals zuvor. Nun wurde er ernst und forderte mich streng auf, zu gestehen, ob nicht mein Kopf durch das Bewußtsein irgendeines gräßlichen Verbrechens, das auf meiner Seele laste, verwirrt sei. Er gab mir sein Wort, mich in dem ersten Hafen, den wir erreichen würden, an Land zu setzen, und fügte hinzu, er finde seinen Verdacht durch meine seltsamen Reden sowie durch meine wirren Blicke und mein ganzes Benehmen bestätigt.
Ich ersuchte ihn, mich geduldig anzuhören, und erzählte ihm nun wahrheitsgemäß meine ganze Geschichte seit meiner Abreise von England bis zu dem Augenblick, in dem er mich gefunden hatte. Auch berief ich mich auf meine Reisegefährten, die vor einem der Riesen die Flucht ergriffen haben.

Es gelang mir auch, den Seemann in kurzer Zeit von meiner Aufrichtigkeit zu überzeugen. Nun bat ich ihn noch, meinen Schrank bringen zu lassen, zu dem ich den Schlüssel in meiner Tasche hatte. Ich öffnete ihn in seiner Gegenwart und zeigte ihm meine kleine Raritätensammlung, die ich mir im Land der Riesen zugelegt hatte. Da war eine Anzahl von Nadeln aller Sorten, von der feinsten, einen halben Meter lang, bis zu den größten, die über zwei Meter lang waren; vier Wespenstacheln von der Größe eines Tischlernagels; mehrere Büschel vom Haar der Königin; ein kostbarer goldener Ring, den sie mir einst geschenkt hatte – sie hatte ihn damals vom kleinen Finger gezogen und ihn mir als Halsband über den Kopf geworfen.

Ich bat den Kapitän, den Ring als Dank für seine Freundlichkeit anzunehmen, aber er weigerte sich hartnäckig. Ich konnte dem ehrlichen Mann nichts anderes aufdrängen als einen Zahn, den er mit besonderer Aufmerksamkeit betrachtete und an dem er Gefallen zu finden schien. Der Zahn war einem Bedienten, der an Zahnschmerzen litt, durch einen ungeschickten Zahnarzt aus Versehen gezogen worden, denn er war ganz gesund gewesen. Er war dreißig Zentimeter lang und maß zehn Zentimeter im Durchmesser. Der Kapitän erkannte, daß es sich um einen menschlichen Riesenzahn handeln mußte, und wollte ihn als Kuriosum in seiner Kajüte aufhängen.

Nun äußerte der Kapitän seine Verwunderung über mein lautes Reden und fragte, ob denn die Leute alle schwerhörig gewesen seien. Ich erklärte ihm, in jenem Land hätte ich immer so laut sprechen müssen, wie jemand, der auf der Straße steht, zu einem spricht, der von einer Turmspitze herabschaut. Daher hätte ich allmählich die Gewohnheit angenommen, wie ein Ausrufer zu schreien.

Mr. Wilcox wurde nun ordentlich lustig und meinte, es wäre ihm hundert Pfund wert gewesen, hätte er mitansehen können, wie ich in meinem Haus vom Schnabel des Adlers erfaßt worden und nachher in die See geplumpst sei. Dies müsse ein köstlicher Anblick gewesen sein, und sicher hätte er mich beim Eintauchen ins Wasser ganz ordentlich durchgerüttelt.

Der Kapitän befand sich auf der Rückfahrt von Tongking nach England und war bis auf 44 Grad Breite und 143 Grad Länge nordwärts verschlagen worden. Zwei Tage nach meiner Ankunft an Bord kamen wir in den Strich eines Passatwindes und fuhren nun eine Zeitlang südlich, berührten Australien und steuerten dann westwärts, bis wir das Kap der Guten Hoffnung umsegelten. Der Kapitän legte in mehreren Häfen an, um Wasser und Proviant zu fassen; ich aber ging nicht vom Schiff, bis wir am 3. Juni 1706, neun Monate nach meiner wunderbaren Rettung, England erreichten.

Ich wollte dem Kapitän meine Sachen als Pfand für meine Bezahlung zurücklassen, aber er weigerte sich standhaft, Geld anzunehmen. Meine abenteuerlichen Erzählungen seien ihm Lohn genug, meinte er, denn sie hätten ihm die Reise aufs angenehmste verkürzt. Wir verabschiedeten uns herzlich voneinander, und er mußte mir versprechen, mich in meinem Haus in Redriff zu besuchen. Ich mietete ein Pferd und machte mich auf den Weg zu meiner Familie.

Als ich Häuser, Bäume, Vieh und Menschen ansah, glaubte ich mich allen Ernstes nach Liliput zurückversetzt. Sosehr hatte ich mich an das Volk der Riesen gewöhnt, an ihre großen Häuser, die weiten Entfernungen, die sie zurücklegten auf ihren schnellen Pferden, daß ich mich zunächst gar nicht zurechtfinden konnte. Ich fürchtete, den Menschen, die mir begegneten, auf den Kopf zu treten, und rief ihnen zu, sie sollten mir aus dem Weg gehen, so daß ich für meine Unverschämtheit beinahe verprügelt wurde.

Die Tür meines Hauses mußte ich mir erst zeigen lassen. Als ein Diener öffnete, bückte ich mich, wie eine Gans unter einem Gatter, um mir den Kopf nicht anzustoßen. Meine Frau kam mir weinend entgegen und wollte mich küssen. Ich bückte mich bis unter ihre Knie, weil ich meinte, sie könne mein Gesicht sonst nicht erreichen. Ich war so lange gewohnt gewesen, mit mehr als achtzehn Meter langen Personen zu verkehren, daß ich immer mit emporgestrecktem Hals umherging und auf die Menschen niedersah, als wären sie Zwerge und ich ein Riese. Auch kamen mir alle Gegenstände im Haus so klein und zerbrechlich vor, daß ich Angst hatte, sie anzufassen. Kurz, ich benahm mich so wunderlich, daß alle der Meinung des Kapitäns waren und mich für verrückt erklärten. Es gelang mir jedoch in kurzer Zeit, mich wieder zurechtzufinden. Meine Frau aber beschwor mich, niemals wieder ein Schiff zu betreten.

Über den Autor

JONATHAN SWIFT wurde als Sohn englischer Eltern am 30. November 1667 in der irischen Hauptstadt Dublin geboren. Dort beendete er auch seine theologischen Studien. Da er durch seine Mutter mit dem englischen Politiker Sir William Temple verwandt war, erhielt er in dessen Haus die Stellung eines Privatsekretärs, die er von 1689 bis 1694 innehatte. Durch Sir William wurde er in die Politik eingeführt, der bis zu seinem Lebensende sein Interesse galt. Aber durch die Schärfe seiner politischen Streitschriften schuf er sich bald viele Gegner, und sogar seine Freunde versagten ihm die erwartete Unterstützung. Seit 1694 anglikanischer Geistlicher, schlugen aber seine Bemühungen, Bischof zu werden, wodurch er einen Sitz im englischen Oberhaus erhofft hatte, fehl. Mit seiner Ernennung zum Dechanten am St.-Patricks-Dom in Dublin schalteten seine Gegner seinen Einfluß in der Politik völlig aus. Von diesem Tag an widmete sich Jonathan Swift den Interessen Irlands, wodurch er die uneingeschränkte Liebe und Verehrung des irischen Volkes erlangte.

Unzufriedenheit mit dem aufklärerisch-optimistischen Zeitgeist, eine hypochondrische Veranlagung, krankhafter Ehrgeiz, übersteigertes Selbstgefühl und Enttäuschungen ließen in Swift bittere Menschenverachtung heranreifen, die ihren Niederschlag in zahlreichen Flugschriften zu politischen und kirchlichen Fragen sowie in größeren satirischen Werken fand. In diesen Jahren entstand die literarische Gestalt Gullivers, mit der er seiner Erbitterung über seine Zurücksetzung und seinen enttäuschten Hoffnungen Luft machte. Swift selbst ist der Schiffsarzt Gulliver, der trotz seiner Stärke von den Zwergen in Liliput überwältigt und gefesselt wird und dessen große Leistungen für das Land mit Undank vergolten werden.

»Gullivers Reisen« wurde erstmals im Jahre 1726 gedruckt. Das Werk ist eine bittere Satire auf menschliche Dummheit und Niedertracht sowie auf zeitgenössische Mißstände. Swifts Beliebtheit beim irischen Volk war so groß, daß seine politischen Gegner es nicht wagten, den Mann verhaften zu lassen, der sie in diesem Buch so angriff.

In den späteren Jahren seines Lebens wurde Swift ein Menschenfeind, dessen Haß sich bis zur unheilbaren Geisteskrankheit steigerte. Er starb am 19. Oktober 1745.

JUGENDBUCH-KLASSIKER

Carlo Collodi
PINOCCHIO

Gustav Schalk
KLAUS STÖRTEBECKER

Harriet Beecher-Stowe
ONKEL TOMS HÜTTE

Frances Burnett
DER KLEINE LORD

Mark Twain
TOM SAWYER

Mark Twain
HUCKLEBERRY FINN

Howard Pyle
ROBIN HOOD

Gottfried August Bürger
MÜNCHHAUSEN

Charles Dickens
DAVID COPPERFIELD

Daniel Defoe
ROBINSON CRUSOE

Robert Louis Stevenson
DIE SCHATZINSEL

Jonathan Swift
GULLIVERS REISEN

Die phantastischen Geschichten von

Wolfgang und Heike Hohlbein

MÄRCHENMOND

Boraas, der Herr des Schattenreiches, hält die Seele von Kims Schwester im Lande Märchenmond gefangen. Der Junge ist der einzige, der sie befreien kann. Es wird ein gefährlicher Weg, der ihn über die Pässe des Schattengebirges zum König der Regenbogen am Ende der Welt führt, um von ihm Hilfe zu erbitten ...

ELFENTANZ

Ahriman, der Dunkle Herrscher, ist aus seinem unterirdischen Reich gekommen und versucht, die Herrschaft an sich zu reißen. Als die Tagnacht anbricht, beginnt der Kampf um das Schicksal der Welt. Und in Timos Händen liegt die Entscheidung ...

MIDGARD

Der Sturm tobt über Midgard, die Wölfe schleichen heulend um das einsame Haus, und die Küste erzittert unter der Brandung des Ozeans. Staunend und ungläubig hört der Knabe Lif zu, als die alte Skalla die Legende vom Fimbulwinter erzählt, der das Ende der Menschheit einleiten soll.

Nicht die Götter sind ausersehen, das Menschengeschlecht zu retten. Der Knabe Lif ist bestimmt, das Schicksal zu beeinflussen und dem Fimbulwinter ein Ende zu setzen ...

DRACHENFEUER

Durch das Tor im Fels gelangt Chris im Augenblick größter Gefahr zu den Feen und Fabelwesen: Im Norden lauert der seit Jahrtausenden schlafende Drache. Ist er einmal geweckt, dann können ihn selbst die mächtigsten Zauberer nicht mehr bändigen ...